KB057988

#판타지

#게임

#역사

♯판타지 ♯게임의 ♯역사

요다 ♯ 장르 비평선 01

이융희 지음

머리말. 비평, 체험과 시대를 기록하다   7

1장. 게임과 판타지의 결합
— 게임과 1990년대 한국 장르 판타지   13
— 한국 판타지 소설의 연구들   17

2장. 게임
— 게임이란 무엇인가   29
— 한국 게임의 역사   34

3장. 게임판타지
— 게임판타지 소설의 태동   47
— 게임판타지 장르의 형성   53
— 게임 세계와 히든 피스라는 균열   63

4장. 게임판타지 비평
— 『달빛조각사』와 게임 세대의 마주 보기   87
— 게임 시스템의 판타지적 변주와 고민   101

맺음말. 게임판타지의 잃어버린 역사를 찾아서   111
찾아보기   118

머리말
비평, 체험과 시대를 기록하다

최근 비평의 의미에 관해 이야기를 나눈 적이 있다. 근현대 한국에서의 비평이란 정보값이 없는 자들에게 정보값을 전달하는 학술적 행위의 연장이었다. 모든 것이 낯설고 파편화되던 시기에 지식과 시각을 전달하며, 세계를 이해할 수 있도록 단초를 만들어주는 매개가 비평이었다.

지금, 여기의 비평도 여전히 학술적 행위이지만, 정보값이 없는 자들에게 일방적으로 향하는 것이 아니라 정보값을 공유하는 자들이 서로 의견을 교류하는 형식으로 변화했다. 특히 대중문화의 영역에서 비평과 비평가의 문제는 비평이 소비될 수 있는가, 소비되어야 한다면 왜 소비되고 어떻게 소비되는가의 문제로 나아간다.

작품은 범람하고 작가는 넘쳐나며 독자는 빠르게

소비 여부를 결정한다. 보다 전문화되고 파편화된 소비의 형태는 '독자'를 단일 주체로 만들었고, 더 이상 그것을 세대나 문화 등의 이름으로 획일화하기가 어려워졌다. '세대'는 같은 체험을 한 시공간의 집합체가 아니라 개인의 문화적 체험을 바탕으로 한 개별의 이름이 되었다.

사회와 약한 유대감으로 연결된 개인들에게 체험 이상의 거대 의미를 전달하는 비평은 낯설고 거북하기만 하다. 작금의 비평은 이제 주체를 지식 담론장에서 독자로 옮길 필요가 있다. 독자의 체험에 귀 기울이고 그들의 체험이 무슨 의미였는지 수집하고 기록해야 한다.

'요다 해시태그 장르 비평선'은 독자들의 장르 체험을 파편으로 쪼개어 그 체험과 시대를 기록하기 위한 움직임이다. 그렇기에 이 글은 '독자'였던 나의 궤적과 공부를 통해 얻은 지식의 궤적을 병렬시키며 나아간다. 특히 최근의 관심은 소설 속의 시공간이 어떤 의미인지 파악하는 것에 쏠려 있다.

한국에서 판타지 소설은 늘 세계의 이름이었다. 퓨전 판타지는 두 개 이상의 세계가 있음을 이야기했고, 게임판타지는 게임 세계에 접속해 이루어지는 모험을 이야기했다. 지금도 '현대 판타지'라는 장르는 우리가 상상하는 현대의 시공간을 직관적으로 이야기하지 않는가.

　그래서 이 글 역시 게임판타지의 게임 공간을 단순히 플레이 가능한 게임이 아니라 하나의 시공간으로서 살펴보기 위해 이런저런 이야기를 늘어놓았다. 지나간 시대의 기록부터 시작하는 이 이야기가 오래된 건물 사이 늘어진 좌판들을 이리저리 피해 가는 도심 속 모험처럼 여러분께 다가갈 수 있기를 바란다.

게임과
판타지의
결합

|

게임과 1990년대 한국 장르 판타지

한국 판타지 소설에서 게임만큼 매력적인 코드도 드물다. 특히 웹소설 시장에서 게임은 다양한 방식으로 나타난다. 판타지 소설에서 특히 많이 재현되는 것은 MMORPG(Massive Multiplayer Online Role Playing Game) 게임의 양식인데, 온라인 게임에서 캐릭터 육성을 위해 갖춰놓은 시스템 창을 가져오거나 경험치, 레벨의 메커닉, 캐릭터의 능력을 직관적으로 보여주기 위해 힘, 지능, 매력, 민첩성 등을 수치화하는 것이 일반적이다. 이 외에도 임무를 수행하고 보상을 얻는 퀘스트 내러티브의 형태, 중세 서양을 배경으로 한 신화적 세계관, 가상현실 구현 게임의 관습을 차용한 '게임판타지 소설'까지, 게임과 소설의 관계는 무척이나 가깝다.

물론 이러한 특징이 모두 게임에서 시작됐다고 이야기할 수는 없다. 퀘스트 내러티브는 중세 기사도 문학에서부터 유래한 것이고, 인간의 능력을 수치로 계량화하는 것은 근대 산업혁명 이후 자본주의 사회의 특징처럼 자리 잡은 개념이기 때문이다. 그럼에도 불구하고 이 모든 것을 '게임'이라고 묶어 부르는 이유는, 현대사회에서 게임이 시대를 읽어내는 텍스트이자 공감 장치로서 기능하고 있음을 확인하게 한다. 많은 이들이 게임을 통해서 디지털 세계의 지표들, 0과 1의 기호와 소통하기를 멈추지 않는다. 이제 게임은 게임인 동시에 디지털 공간의 사람들이 의사를 표현하고 자신의 정서를 표출하는 하나의 디지털 언어다.

한국 판타지 소설은 게임과 관계가 깊다고 할 수 있는데, 한국 판타지 장르의 형성 과정을 살펴보면 소설이 게임을 재현하려 한 노력이 많이 엿보이기 때문이다. 『가즈 나이트』의 이경영 작가는 자신의 중학교 시절 게임 체험을 소설로 구현하고 싶어서 『가즈 나이트』를 집필했다고 밝혔고, 『하얀 로냐프 강』의 이상균 작가는 자신의 첫 소설이 게임 〈울티마 온라인〉의 2차 창작이라고 술회한다. 이렇게 다양한 게임 체험이 소설과 연결된 까닭은 무엇일까. 1990년대에는 판타지에 대한 자료가 부족했던 탓에 RPG 게임, 영화, 만화 등 다수의 매체에서 '판타지'라고 이름 붙은 모든 정보를 광적으로 수집하고 재현하는 데 몰두했기 때문이다.

PC통신 시절 한국 판타지 소설의 태동기를 이끌었던 '하이텔 환타지 동호회'의 발기인이자 5대 회장이었던 성준혁 회장은 웹진 〈거울〉에 기고했던 글에서 당시 동호회 개설과 관련된 추억을 기술한다. 그의 글에 따르면 판타지 동호회는 국내 판타지 장르의 개척과 한국형 판타지의 창출을 목표로 움직였고, 당시 회원의 대부분이 10~20대로, 젊은 회원들이 주축이 되었다고 한다. 이들이 서사와 주제의식만큼 열중했던 것은 '가상 세계를 얼마나 풍성하게 만들어내는가'였다. 특히 그들이 즐겼던 놀이가 '릴레이 소설 창작'이라는 지점은 흥미롭다. 마스터 역할을 하는 사람이 가상 세계의 주요 설정과 얼개를 짜면 여러 회원이 모여서 각자의 캐릭터를 만든 다음 마스터와 회원들이 합의하에 릴레이 방식으로 서사를 꾸려나가는 것이 놀이의 골자다. 이것이 흥미로운 까닭은 이러한 연재 놀이의 형태가 판타지 동호회만의 반짝 활동에서 그치지 않았다는 점이다. 판타지 연재 및 자료 수집 사이트인 〈판갈(fangal.org)〉에서 만든 통합 세계관 '환상회랑'이나 위키닷을 기반으로 한 거대한 어반 판타지 세계관 위키인 〈SCP 재단〉 등으로 꾸준히 재현되고 있다.

이러한 놀이의 형식은 TRPG(Table Talk Role Playing Game)에서 영향을 받은 것이라 짐작된다. 특히 국내에 판타지 소설 열풍을 일으킨 미즈노 료의 『로도스도 전기』가 TRPG의 플레이 로그를 바탕으로 창작되었다는 것은 유명한 일화이다. 당시 청년들에게 지리나 문화상 가까운 일본의 서브컬처 판타지는 서구의 판타지를 체험할 수 있는 좋은 예시였다. 성준혁의 기술에서도 TRPG의 성행은 중요한 사건으로 자리매김하고 있다. 그는 1993~1994년 무렵 TRPG의 인기가 무척 높아져 동호회 내부에서 TRPG 게시물을 모두 소화하기가 곤란할 정도였다고 한다. 당시 PC통신은 게시판별로 트래픽을 부과했고, 때문에 판타지 동호회 안에서 TRPG가 많이 언급된다면 해당 동호회를 분리해야만 했다. 결국 회의와 투표를 거듭해 TRPG 카테고리를 'RPG 동호회'라는 이름으로 분리시키게 된다.

이러한 이야기들을 조금씩 따라가다 보면 왜 우리나라의 판타지 소설이 게임과 긴밀하게 연결되어 있다고 하는지, 어째서 게임의 코드가 판타지 세계관을 월담하여 정착·변용되었는지를 엿볼 수 있다. 이처럼 게임과 게임판타지 장르를 살펴보는 것은 단순히 한국의 판타지 소설 하위 장르를 탐구하는 것이 아니라 궁극적으로는 판타지 소설이 무엇인지 알아가는 작업이 될 것이다.

한국 판타지 소설의 연구들

한국에서는 게임판타지 소설에 관한 주목할 만한 논의를 좀처럼 찾아보기 힘들다. 몇 차례 시도가 있었으나 게임판타지 소설을 다룬다기보다는 '게임 소설'이라는 이름을 통해 논의를 전개했다. 이는 게임을 다루는 모든 소설을 학문의 담론장으로 이끌었지만, 정작 게임이 무엇인지 이야기하지 못하거나 게임판타지 소설을 초기 한국 판타지 소설의 쇠락기가 오는 과정에서 나온 부산물로 차치하고 만다. 이러한 연구를 주목하기 힘들다 평하는 까닭은 두 논점 모두 기존 판타지 소설의 역사나 연구방법론에서 게임판타지 소설을 의식적으로 탈락시키기 때문이다. 아직까지 국내의 판타지 연구방법론은 츠베탄 토도로프부터 캐스린 흄, 로즈메리 잭슨 등의 의견을 이어받아 세계관 모델이나 전복 등을 이야기하거나 지그문트 프로이트나 슬라보예 지젝 등의 연구방법론으로 환상의 기능에 대해 이야기하는 게 전부다. 그런 상황에서 갑작스럽게 나타난 '게임'에 대한 주제는 길을 잃는다. 결국 기존의 논의 위에서 '게임판타지' 소설을 '게임'이라는 형상으로만 분석하는 것은 기존 작품과의 매개를 제대로 짚지 못하고 그저 시장의 연속성 정도만을 이야기하는 데 그칠 뿐이다. 그리고 이러한 시선은 1990년대 판타지 소설에 대한 연구가 끊임없이 주목하던 '세계'의 독해를 불가능하게 하며 궁극적으로는 판타지 소설의 주제의식에 다가갈 수 없게 만든다.

일반적으로 '장르 판타지'에 대한 해석은 J. R. R. 톨킨이 이야기한 '2차 세계' 개념에 집중한다. 현실의 질서를 기반으로 창작된 세계를 1차 세계, 현실과는 다른 질서로 창작된 세계를 2차 세계라고 부르는데, 장르 판타지 소설이란 이러한 2차 세계에서 이루어지는 모험담을 총칭한다. 국내 창작자들이 톨킨이 만들어낸 2차 세계 형식에 주목했던 만큼, PC통신 판타지 소설 분석에 있어 '세계'는 작품을 주목하고 의미화하기 위한 가장 중요한 도구였다. 구본혁은 2014년 「한국장르판타지의 개념과 장르관습」이라는 자신의 석사 논문에서 한국 판타지 소설의 장르 관습으로 '배경 관습'인 장소(중세 유럽), 신앙(이항대립), 사상(기사도)과 '소재 관습'인 초자연적인 능력(정령), 종족(드래곤 혹은 용), 직업(소드마스터) 등을 제시했고, 김혜영은 「판타지소설의 재미담론 연구」라는 자신의 박사 논문에서 초기 판타지 소설에 대해 존재하지 않는 세계를 실재하는 것처럼 표현하기 위해 '역사화'라는 과정을 거치는 작업이라 평한다. 이러한 연구는 초기 판타지 소설의 창작자들이 릴레이 소설 등을 통해 가상 세계를 얼마나 풍성하게 만들어낼 수 있을지 고민하던 지점과 교차하며 팬덤과 연구자가 서로 동의할 수 있는 지점을 만들어냈다.

이러한 분석의 흐름에서 세계관 모델이 서서히 축소되고 시장 논리가 들어오기 시작한 건 2000년대 소위 '퓨전 판타지 소설'이 등장하는 시점을 전후해서이다. 판타지 소설의 퓨전화 경향을 분석하는 대부분의 논의는 두 가지 이상 혼합된 세계관의 격차를 독해하기보다는, 왜 현실과 판타지 또는 무협과 판타지가 접목되었는지 창작자의 의도에 주목했다. 그러고는 '기존의 판타지 시장이 좁기 때문에 작가들이 새로운 판로를 개척하기 위해서'라는 식의 해석을 내어놓는다. 이 과정에서 자신의 세계를 구축했던 사람들의 주제의식은 필연적으로 소멸한다. 이러한 현상은 게임 판타지 소설의 분석에서 극대화된다. 여행의 공간이 게임 세계로 넘어가는 그 순간 게임은 하나의 세계가 아니라 온라인-오프라인으로 나뉘는 유희 공간으로 전락한다. 모험의 무대는 세계가 아니라 한정된 가상의 장소로 제한되었다. 그러니 기존 연구자들은 이것을 쉽사리 '세계'라고 바라보지 못할 수밖에. 게임판타지 소설에 대한 평이 좋지 않았던 건 당연한 수순이었다. 연구자들은 게임판타지 소설이 등장하며 초기 판타지 소설이 보여준 신화나 세계의 대립, 낭만 서사가 붕괴한 채 오로지 노가다만 반복되며 주제의식이 망가진 하품질의 작품이 나오게 되었다는 분석을 내어놓는다.

그러나 이러한 인식을 조금 뒤바꿀 필요가 있다. 게임판타지에도 세계는 존재한다. 바로 '게임'이라는 시공간, 그리고 게임 공간 바깥에서 공전하는 '근미래 현실'이라는 이중의 세계상이다. 우리가 게임에 접속했다가 다시 접속을 해제하는 것처럼 게임판타지 소설의 주인공도 끊임없이 온라인과 오프라인 공간을 넘나든다. 온라인 게임 공간에서 사람을 만나고, 여행하고, 모험을 통해서 레벨업을 한다. 그런 플레이의 시간이 끝나면 다시 오프라인 공간으로 귀환해 현실의 삶을 살아간다. 우리가 간과해서는 안 되는 것이 이 '현실 공간'의 모습이다. 이 현실 공간은 현실의 모습을 하고 있지만 근미래의 형상으로 복제된 시뮬라크르다. 게임판타지 소설의 현실은 가상현실 게임이 보편화된 근미래 SF의 세계관인 동시에 모든 질서가

'게임'을 바탕으로 재편된 세계로 이는 '현실'이 아니다. 이 세계 속에서는 게임만 잘하면 돈과 명예, 권력을 얻고 이성의 호감과 사회적 명망을 얻어 스타가 될 수 있다. 이러한 세계를 '현실'이라고 착각하거나 또는 곧 도래할 미래라고 여기는 것은 지금 우리가 게임이 보편화된 세계를 살고 있기에 겪는 착시현상이다. 아울러 이러한 설정이 만들어진 시기가 2003년을 전후한 때라는 걸 주목해야 한다.

　게임판타지 소설이 나오기 이전 퓨전 판타지 소설의 주인공 역시 현실의 문제, 그중에서도 대부분 학업 스트레스로부터의 '탈출'을 꿈꾸고 있었으며, 그것이 퓨전이라는 공간으로 실현되었다. 그 시기 작가들은 1세대 판타지 소설을 읽은 독자였으며, 그들이 쓴 소설의 주인공은 자기 자신이고 메타 그 자체였다. 현실을 잊고 2차 세계의 모험에 몰입했던 독자 '나'가 현실의 학업 스트레스를 벗어나 판타지 공간으로 이동하는 주인공 '나'로 재현된 것이다. 예를 들면 퓨전 판타지 소설의 초창기 작품인 『아린 이야기』(2000)는 계모에게 성적 압박을 받던 고등학생 소녀가 악마와 계약을 하고 판타지 세계로 넘어가 드래곤이 되는 것으로 이야기가 시작되고, 『사이케델리아』(2000)는 알코올중독자인 아버지 아래에서 학업 스트레스를 받던 주인공이 빛나는 구슬을 얻고 판타지 세계로 넘어간다. 『노래는 마법이 되어』(2001)는 재수 생활을 하며 학업 스트레스를 받던 주인공이 판타지 세계로 넘어가고, 『아이리스』(2003) 역시 학업 스트레스를 받던 고등학생 주인공이 금화를 줍고 판타지 세계로 넘어가는 것으로 시작된다. 이렇듯 2000~2003년도에 출간된 퓨전 판타지 소설의 주인공이 모두 수능 스트레스에 직간접적인 영향을 받았다는 것은 흥미롭다. 결국 판타지 세계는 서양풍의 중세라는 판타지 공간 그 자체의 완성을 추구하던 것에서 현실의 스트레스, 그것도 젊은 세대가 공통으로 겪을 수밖에 없었던 학업 스트레스를 풀기 위한 이항대립의 공간으로 축소·변용된다.

이렇듯 판타지의 '세계'를 현실 문제의 대조항으로 본다면 '시장 논리에 의해서 세계 구성을 바꾸었다'고 말하던 기존의 분석과는 다른 시선을 가질 수 있다. 사실 이러한 방식은 '장르'를 주목하지 못하고 개별 작품의 작품성을 이야기해야 했던 당시의 한계 탓에 청년 세대의 주제의식을 있는 그대로 받아들이지 못하고 시장 논리를 덧붙인 것이 아닌가 추측된다.

탈출의 의도로 만들어진 중세는 해외 판타지 소설에서 종종 찾아볼 수 있었던 신화적 시공간도 아니며, 초기 한국 판타지 소설 작가들이 구현하려고 했던 모험과 내적 완결성의 시공간도 아니다. 퓨전 판타지 소설 작가들에게 중세의 시공간은 학업, 나아가 자신들의 일상을 억압하고 개성을 죽이는 교육 제도를 탈피하기 위한 회복의 공간으로, 심리적·지리적 거리감이 있는 중세 유럽의 형상을 복제한 것뿐이다. 흔히 이 시기의 소설을 '이고깽(이계 진입 고교생 깽판물)'이라고 불렀던 이유도 여기 있다. 초기 캐릭터를 만들 때 서사에 꼭 필요한 '결핍-충족'의 공식이 너무 단숨에 납작하게 이루어진 탓이다. 그들의 욕망인 '수능 제도와 학벌 사회로부터의 탈피'는 특별한 세계로 넘어가 모험과 고난을 통해 획득해야 하는 성취 목표가 아니라 탈출이 이루어지는 그 순간 획득되는 것이며, 그렇기에 이후 주인공들의 행보는 스토리텔링의 목적이 상실된 비틀대기에 불과하다.

그런데 이러한 세계가 이동만으로 욕망이 해결되지 않는, 접속을 하지만 필연적으로 돌아올 수밖에 없는 가상현실이라면 어떨까. 오히려 게임판타지 세계의 서사는 단순히 '레벨업'만으로 이루어지지 않는 복잡한 설계가 필요하다. 그렇기에 게임판타지 소설에서 게임은 단순히 가상의 세계가 아니라 철저히 현실과 맞닿아 있는 현실의 양면이다. 게임 연구자 예스퍼 율은 "게임 규칙과 가상 세계는 플레이어의 관심을 받기 위해서 서로 경쟁한다"고 이야기했다. 게임 규칙이란 플레이어가 직관적으로 알 수 있는 알고리즘을 이야기하고, 이러한 알고리즘은 플레이어의 세계관, 현실의 경험을 기반으로 한다. 그러니 우리는 게임 세계와 현실 세계, 소설에서 재현되는 두 가지 양태를 모두 주목할 필요가 있다.

결국 게임판타지가 묘사한 이러한 세계는 미래에 대한 예견이자 진단이 된다. '게임'이라는 것이 사회적 지위를 획득하고 전 세계적으로 중요한 가상 재화이자 문화 수단으로 자리 잡으면 어떻게 될까? 게임판타지 작품의 가상 실험은 우리가 살아가는 현실과 크게 다르지 않다. 요즘 프로게이머들이 살아가는 모습은 어떠한가. 게임판타지에 나오는 모험 서사와 큰 차이가 나는가. 오히려 과거의 작가들이 상상한 프로게이머의 모습보다 더 화려하고 멋진, 그리고 환상적인 현실을 살아가고 있다. 2019년 SF어워드에서는 게임판타지 소설과 관련된 흥미로운 사건이 있었다. 문피아 연재 게임판타지 웹소설『70억분의 1의 이레귤러』가 다른 SF소설들과 함께 웹소설 분야 본심에 올라간 것이다. 비록 아깝게 수상은 하지 못했으나 게임판타지 소설이 갖고 있는 잠재력을 잘 보여준 일화라 할 수 있다.

1장을 통해 우리는 한국 게임판타지 소설이 무엇이고 왜 중요한지 살폈다. 그리고 게임판타지 소설을 비평하기 위해서는 게임이라는 세계가 무엇인지, 이 세계가 어떻게 구성되어 있고 서사에 어떠한 영향을 끼치는지를 차분히 습득해야 한다고 밝혔다. 2장부터는 게임판타지 소설의 역사를 톺아보고, 게임판타지에서 우리가 주목해야 할 장르 관습이 무엇인지 살펴본 뒤, 실제 게임판타지 소설의 비평까지 전개해보고자 한다.

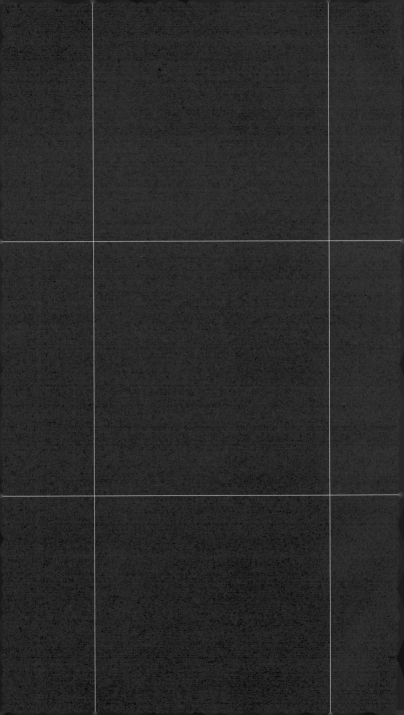

게임

2

게임이란 무엇인가

한국 게임판타지 소설을 비평하기 위해서는 먼저 비평을 위한 용어를 정리할 필요가 있다. 가장 우선되어야 할 것은 게임판타지라는 장르의 정립이다. 보통 시장에서 게임판타지는 판타지 소설의 하위 장르로, 주인공과 그 일행이 머리 착용 디스플레이(고글, 기어 등으로 불리는 Head Mounted Display)를 쓰고 가상현실 게임에 접속해 뇌파로 가상의 신체(아바타)를 플레이하며 서사를 진행하는 소설을 일컫는다. 즉, 게임 플레이에 대한 소설인 셈이다.

여기서 우리가 짚어 보아야 할 개념 하나가 툭 튀어나온다. 바로 '게임'이다. 한국에서 게임은 가장 대중적으로 향유되는 놀이 형식이다. 게임이 보편화된 상황에서 군이 게임이 무엇인지 설명하는 건 별 의미가 없어 보일 수도 있다. 하지만 게임이 무엇인지, 그

중에서도 우리가 대상으로 삼을 게임이 무엇인지 정확히 구분 짓지 않으면 한국 게임판타지 소설에 대한 논의는 무척이나 난해한 작업이 되고 말 것이다. 특히 초기 판타지 소설의 탄생에 이미 게임의 역할이 존재하는 만큼, 게임적인 것과 게임, 그리고 게임성 이 세 가지 요소를 섬세하게 분리해야 한다. 왜냐하면 한국 판타지 소설 중에서 '게임적'이지 않은 이야기가 없기 때문이다.

게임에 대한 인문사회적 분석은 보통 요한 호이징아, 로제 카이와 같은 놀이 이론가들의 논의부터 시작한다. 그러나 해당 이론들은 게임판타지 소설의 '게임'을 이야기하는 데 필요한 좋은 선택지라고 할 수 없다. 노르베르트 볼츠는 "놀이란 원래도 정의 내리기 어려운 것일뿐더러 게임과 같은 미디어 기술의 발달로 나날이 확장되어 가면서 설명을 더욱 어렵게 한다"고 했다. 그렇기에 고유명으로서의 게임이 발달되고 있는 지금, 놀이부터 거론하는 건 오히려 설명을 어렵게 만든다. 그렇기에 아래에서는 '놀이'와 '게임'을 구분하면서, 게임을 소비 및 미디어 기술의 범주로 다루려고 한다.

케이티 샐런과 에릭 짐머만은 통상적으로 놀이를 게임을 포함하는 넓은 범주라고 생각하지만 오히려 게임 속에 놀이가 있다고 주장한다. 게임과 놀이의 관계는 바라보는 시각에 따라 게임이 놀이의 부분집합이 될 수도 있고 그 반대가 될 수도 있다. 게임은 분명한 규칙이 있어야 하고, 그 안에서 상호작용이 있어야 하며, 뚜렷한 보상 등 시스템이 구성되어야 한다.

놀이와 게임에 대한 이해를 돕는 값진 자료가 하나 있다. 바로 예스퍼 율이 그의 저서 『하프 리얼』에 여러 연구자들의 논의를 정리해둔 것이다. 해당 내용은 아래와 같다.

① 규칙: 게임은 규칙을 기반으로 한다.

② 가변적이고 수치화할 수 있는 게임 결과: 게임은 가변적이고 수치화할 수 있는 결과를 가진다.

③ 결과의 가치화: 게임의 서로 다른 잠재적인 결과는 각각 다른 가치를 나타내고, 어떤 경우에는 긍정적으로 어떤 경우에는 부정적으로 가치가 매겨진다.

④ 플레이어의 노력: 플레이어는 게임 결과에 영향을 미치기 위해서 노력을 기울인다.

⑤ 결과에 대한 플레이어의 애착: 플레이어는 긍정적인 결과가 나오면 이겼다는 생각에 행복을 느끼고, 부정적인 결과가 나오면 졌다는 생각에 불행함을 느낀다는 점에서 플레이어는 감정적으로 그 결과에 애착을 느낀다.

⑥ 협상 가능한 결과: 같은 게임(게임의 규칙들)은 현

실 생활과 관련이 있을 수도 있고 없을 수도 있다.

예스퍼 율은 이러한 정의를 '고전 게임 모델'이라고 명명했는데, 이와 같은 고전 게임 모델은 모든 게임 형식을 수용하는 포괄적 정의라기보다는 게임을 정의하는 데 필요한 가장 기본적인 틀이라고 할 수 있다. 물론 우리가 체험한 개개의 게임이 모두 저 모델에 속하지 않을 수 있지만, '게임'이라는 거대한 범주를 살펴보면 아직까지 예스퍼 율의 고전적 정의는 유효한 듯하다. 예스퍼 율은 고전 게임 모델의 범주 바깥에 게임과 비게임 사이의 경계가 있다고 보았고, 게임에 속하지 않는 하이퍼텍스트 픽션 등이 거기 있다고 했다.

디지털 컴퓨팅의 발달은 시각 기술과 상호작용, 컴퓨터 연산을 결합시켰고, 그로 인해 '게임'이라는 기술 놀이가 탄생했다. 우리가 흔히 '게임'이라고 이야기하는 것, 그리고 게임판타지 소설의 관습 역시 디지털 컴퓨팅을 바탕으로 한 기술 놀이 '게임', 즉 동사로서의 게임이 아니라 명사로서의 게임을 바탕으로 한다.

그럼에도 불구하고 예스퍼 율이 이야기한 고전 게임 모델은 주목할 만하다. 게임을 움직이는 기본 규칙으로서의 메커닉이 있고, 수치화할 수 있으며, 결과에 대해서 가치를 매길 수 있고, 플레이어가 상호작용을 통해 노력을 하고, 결과에 대해 플레이어가 애착을 느끼고, 이러한 행위가 현실 생활과 연관을 맺는 것. 이 모든 항목은 게임 세계에서 게임 시스템 창을 통해 수치화된 능력치를 얻고, 퀘스트를 통해 보상을 얻는 게임판타지 소설 형식의 핵심을 관통하고 있다.

한국 게임의 역사

게임판타지 소설이라는 서사 텍스트의 비평과 게임 이론을 연관해 설명하는 건 언뜻 무리한 작업처럼 보인다. 당시 게임판타지 소설 작가들이 게임 이론을 바탕으로 소설 속 게임을 개발했던 것이 아니라 자신들의 체험을 토대로 소설을 집필했기 때문이다. 그러나 게임이 무엇인지 증명하는 게임 연구의 본질은 플레이어들의 체험, 고민과 떼려야 뗄 수 없다.

　　당시 판타지 소설 창작자들은 대부분 게임 경험을 공유한 오랜 경력의 플레이어였다. 1장에서 밝혔듯이 한국 판타지 소설의 초기 작가들은 그 시절 게임에서 영감을 많이 받았다고 고백한다. 시대적 배경을 감안하면 당연하다고도 할 수 있다. 당시 PC통신을 한다는 것은 용산 전자상가나 세운상가 등을 드나들며 비디오 게임과 디지털 문화에 익숙한 얼리어답터

라는 뜻이었고, 이러한 얼리어답터들로 하여금 PC를
구매하고 찾아 헤매게 만든 것이 서브컬처, 즉 만화와
게임이었다. 나보라의 「'게임성'의 통사적 연구」와 남
영의 「한국 게임 산업의 형성」 두 논문을 보면 이러한
'한국 게임'의 역사를 대략적이나마 살펴볼 수 있다.

　한국에서 전자오락의 존재가 가시화된 것은 1970
년대 중반 이후라는 것이 일반적 견해다. 이 시기를
살핀 나보라의 논문을 보면 흥미로운 지점을 찾을 수
있다. 전자오락의 존재가 가시화되기 이전에 전자오
락에 준하는 정의가 법령으로 제정되었다는 점이다.
바로 '유기장법 시행규칙, 전문개정 1973년 10월 16
일, 보건사회부령 제425호'다.

　제1조 (유기시설) 유기시설법시행령
　제1조에서 "기타 이와 유사한 공중유기용 시설로서 보
　건사회부령으로 정하는 것"이라 함은 다음의 유기시
　설로서 공중의 유기용에 공하는 것을 말한다.
　(중략)
　5. 전자유기시설(사용료를 유기기구에 투입하거나 지
　불하여 일정한 시간 유기할 수 있도록 만들어진 비사행
　성 전자식 유기기구를 말한다).

　사용료를 유기기구에 투입, 지불하여 일정한 시

간 유기할 수 있는 기계의 모습은 우리가 일반적으로 떠올리는 전자오락의 정의와 그대로 부합한다. 이와 같은 입법화가 의미하는 것은 유기시설의 영업을 공식적으로 허가한다는 의미이니 전자오락 자체는 1973년에 이미 국내에 유입되어 영업 중이었던 것으로 사료된다. 하지만 이런 최신 기술의 기기가 당시 사람들에게 미래 기술과 근미래에 대한 아름다운 환상을 제공한 것은 아니었던 모양이다. 당시 인터뷰를 보면 사람들에게 전자유기시설이란 근미래의 기술을 보여주는 비디오 게임의 형상보다는 전자식 사행성 게임기들, 즉 조금 화려하고 기술이 들어간 도박기에 불과했다. 실제로 당시 유기장법 적용 범위인 오락장 내 기기를 살펴보면 사행성 게임인 '아케이드 이큅먼트'가 포함되기도 했고, 당시 서울시민의 씀씀이를 분석한 연구에서 서울시민이 소비한 오락 항목에 카지노나 슬롯머신이 제시되어 있기도 하니 근거 없는 인식은 아니었으리라. 결국 1973~1974년경 명동 등 도심 번화가에 들어서 있던 '전자오락장'들이란 사행성 게임장이었거나 전자사격장 정도의 오락 공간에 불과했다.

일본의 전자식 비디오 아케이드 게임이 타이토 테이블 등의 개조 기판을 통해서 빵집, 다방 등에 선보이기 시작한 것은 1970년대 후반의 일이다. 비디오 게임의 역사에서 아주 중요하게 다루어지는 최초의 아케이드 비디오 게임 〈퐁〉이 이때 들어온다. 이러한 게임의 역사를 거슬러 가다 보면 앞서 초기 판타지 소설의 역사에서 언급됐던 종로, 청계천, 그리고 세운상가가 등장한다. 이 시기에는 비디오 게임을 자체 개발할 인력이나 기술이 없었기에 수입 전자오락기에 전적으로 의존했다. 그 과정에서 오리지널 기판에 걸려 있는 보호 장치를 푼다거나 오락실 영업주의 요구에 맞춰 수정하는 기술적 지원을 담당한 곳이 세운상가의 전자오락기 제조업체들이었다. 다시 말해 세운상가 제조업체들의 역할은 일종의 '해킹'을 통해 복제품을 만들어내는 것이었다.

청계천 세운상가는 정치경제적 의미가 복잡하게 군집한 공간이다. 세운상가는 6.25 전쟁 이후 군부대에서 유출된 라디오, 전축 등의 기계를 거래하며 시작된 공간으로, 1968년 한국 최초의 주상복합 건물로 개발되었다. 세운상가 업체의 기술 스펙트럼과 수준을 두고 "우주선 빼고는 다 만든다"거나 "마징가 제트도 만들 수 있다"는 농담까지 나올 정도였다. 이곳에서 반도체 관련 부품을 팔기 시작한 것은 1970년의 일이다.

1960년대 박정희 정부의 한국 경제개발 전략은 수출 중심의 공업화였다. 1960년대 초 가발 등 경공업 상품 수출이 활발했던 만큼 이러한 성장 정책은 유효한 소득을 거두는 것 같았으나, 얼마 안 가 경공업 중심으로는 더 이상 수출 성장이 어려운 상황이 도래했다. 그리하여 1960년대 후반, 박정희 정부는 전자공업에 주목하기 시작한다. 이러한 투자는 1970년대 초 모토로라와 페어차일드가 한국 내 반도체 공장을 세운 것을 필두로 1970년대 중반 가시적인 성과를 내기 시작했다. 그리고 1970년대 후반 국내에도 PC 열풍이 불기 시작했는데, 이때 세운상가의 전자 업체들이 애플Ⅱ 복제품을 통해 PC 수요를 채우면서 전자제품 판매의 중심지로 입지를 다지게 됐다. 또한 이 시기에 삼보, 큐닉스 등의 기업들이 PC를 자체적으로 개발하거나 수입 판매하며 세운상가에서 사업을 시작했다.

1977년을 전후해 세운상가에 전자오락기 제조업체들이 생겨났고, 세운상가는 1979년 〈스페이스 인베이더〉 등장을 기점으로 그 규모가 더욱 확장되었다. 1983년에는 전국 300여 개의 전자오락기 제조업체 가운데 100여 곳이 세운상가에 있을 만큼 집중되었다. 이후 1980년대에 〈갤러그〉와 〈제비우스〉 등 히트 게임들이 연달아 등장했고, 이러한 전자오락 붐에 힘입어 오락실의 주문을 받고 '리버스 엔지니어링'을 통해 기판의 프로그램을 복제·생산하여 유통시켰다.

남영의 논문에 따르면 한국이 게임 산업을 이끌어가던 미국, 일본과 어깨를 견주기 시작한 건 아케이드 게임의 발전 이후였다. 일제 강점기 이후 한국은 오랫동안 '왜색'이라는 이름으로 반일 정서가 유지되어왔고 그 과정에서 한국 정부는 일본 문화 상품의 직접적인 유입을 금지했다. 가전제품 및 완구류의 수입 자유화는 이루어지지 않았고, 수출을 강조하는 한국의 수출입법에 의해 공산품 및 기호품의 수입은 철저히 규제되고 있었다. 수입품이더라도 '일제'라고 표기하는 경우가 없었을 뿐더러 자체 제작으로 얼버무려 홍보하는 경우도 많았다. 게임은 더욱 규제의 대상이었다. 화면에 일본어가 나타나는 것만으로도 명백한 불법이었기 때문에 일본 게임을 수입하려면 한글화 작업을 반드시 거쳐야 했다.

　　이때 수입 비디오 게임의 한글화 작업과 불법 유통을 도맡은 곳이 세운상가와 용산 전자상가였다. 세운상가가 PC와 게임 유통의 온상지가 될 수 있었던 것은 이미 1970년대 후반부터 그 일대에서 도색 잡지와 포르노 테이프, 수입 금지된 외국 헤비메탈 그룹들의 LP 등을 살 수 있는 유통점이 곳곳에서 성업 중이었기 때문이다. PC 부품과 게임기 역시 자연스레 합법과 불법을 가리지 않고 유통됐다. 1987년 용산 전자상가가 등장하면서 세운상가와 더불어 두 곳은 무단 복제 소프트웨어의 메카가 되었으며, 게임은 가장 인기 있는 품목이었다. 이들은 개인 단위로 게임을 밀수하여 소규모로 제품을 유통했다.

1980년대 중후반, 전두환 정부는 정보통신을 정책의 최우선 순위로 올렸고 보건사회부(현 보건복지부)는 전자오락실 양성화 정책을 세웠다. 전자오락실의 시설 기준(기본 면적, 기계 한 대당 면적, 소음 방지 시설, 출입자의 연령 제한 등)을 마련하고 청소년에게 적합한 건전 프로그램 개발을 시도했다. 하지만 보건사회부의 시도는 오락실 환경 개선 정도에 그쳤을 뿐 처참하게 실패한다. 보건사회부와 공업진흥청이 제시한 전자오락 기기의 형식승인 기준이 현실적으로 맞추기 어려운 수준이었기에 승인을 받고 정식으로 판매·영업할 수 있는 제조업체들은 소수에 불과했다. 결국 많은 영세업체가 PC 제조업 등으로 전업하게 된다.

아케이드 게임의 몰락은 게임 플랫폼을 PC로 이동시켰다. 1982년 전격 추진된 교육용 PC 보급 사업 등이 이러한 패러다임 전환에 박차를 가했다. 그 당시 교육용 PC 보급 사업이 이루어졌음에도 불구하고 보급된 컴퓨터에 작동시킬 소프트웨어가 없다는 게 큰 문제였다. 한글 워드프로세서도 1983년 말에 겨우 나왔을 정도라 하니 소프트웨어의 부재가 얼마나 심각했는지 짐작할 수 있다. 그 빈자리는 MSX용 게임을 비롯한 일본산 소프트웨어가 채우게 되었고, 결국 왜색을 금지하고자 했던 정책은 아이러니하게도 일본 문화를 비밀리에 대거 유입하는 결과를 낳았다.

게임 체험 덕분인지 대부분의 학생들은 개인용 PC가 등장해도 거부감 없이 받아들였다. 젊은 세대의 게임 이용이 활발했던 것은 한국만의 독특한 맥락이다. 해외의 경우 초기 PC 플랫폼의 주 이용처가 대학이나 연구소 등이었기 때문이다. 초기 PC는 화려한 시청각적 표현에 한계가 있어 아케이드 게임처럼 최적화된 게임 환경을 구현할 수 없었다. 그렇기에 '머드 게임'이라고 부르는 텍스트 어드벤처가 PC 게임의 주요 장르를 형성했고, 이러한 PC 게임은 주로 성인들이 이용했다. 반면 한국은 전자오락실에서 비디오 게임에 대한 경험을 체득한 아이들이 학교를 통해 어렵지 않게 PC를 경험했고, PC 게임 또한 낯설지 않게 받아들였다. 덕분에 프로게이머를 비롯해 한국의 게임 문화는 상대적으로 어린 학생들을 중심으로 형성되었다.

특히 1980년대 중후반은 유명 RPG가 대거 등장하는 시기다. 애플II처럼 저렴한 복제품으로 판매되었던 PC를 통해 플레이할 수 있는 〈미스터리 하우스〉, 〈울티마〉, 〈로드 러너〉, 〈가라테카〉 등은 당시의 시스템적 한계를 극복하고 혁신적인 게임을 제공했다. 특히 〈울티마〉, 〈위저드리〉, 〈마이트 앤 매직〉 시리즈는 TRPG의 전통을 계승한 RPG 장르를 정교하고 세련되게 발전시키며 MSX용 게임과 상이한 스타일의 게임성을 구축했다.

이후 1989년, 전국의 학교에 16비트 컴퓨터를 30만 대 지원하는 총 1500억 원 규모의 2차 교육용 PC 보급 사업이 이루어진다. 이때 16비트 IBM PC가 보급 기종으로 선정되면서 MSX PC는 한순간에 시장에서 퇴출된다. 이는 게임을 좋아하는 플레이어들에게 비극이었다. 기본적으로 사무용이었기에 그래픽과 사운드 사양이 떨어졌던 IBM PC는 일본산 MSX 게임에 적합하지 않았다. 남영은 이러한 비극이 초기 게임 개발자들로 하여금 PC통신이라는 공간을 이용해 게임과 관련된 자료를 서로 공유하고, 국산 게임 개발에 몰두하게 만든 계기로 보았다.

한국 게임의 역사를 살펴보면 알 수 있듯이, 그 시절 게임 체험을 이야기하며 시작된 초기 판타지 소설 작가들의 작업 환경은 지금의 웹소설 환경과 자못 결이 다르다. '판타지'라는 정보에 접근하는 것부터 난관이었으며, 게임으로 얻어진 체험, 소수의 자료를 복제, 재생산하던 체험 등 자신의 값진 경험을 나누고 싶다는 욕망이 프로그래밍이나 디지털 리터러시에 익숙하지 못했던 많은 사람들을 소설 창작이라는 행위에 몰두하게 만들었을 것이다.

　지금껏 게임의 개념과 한국 게임의 역사를 살펴보며 '게임판타지'라는 장르를 이루는 코드와 한국 판타지 소설 작가들이 게임이라는 코드에 어떻게 적응했는지 그 특이성을 알아보았다. 이러한 전제를 바탕으로 한국 게임판타지 소설의 계보를 살펴보자.

게임판타지

3

게임판타지 소설의 태동

비디오 게임이 익숙해진 세상이 되었으니 디지털 공간에 들어가 모험을 펼치는 서사가 탄생하는 것은 필연이었다. 크리스토퍼 보글러는 영웅 신화의 원형을 분석해 영웅 스토리 서사 구조를 12단계로 구분했다. 그 이론의 핵심은 일상 세계와 특별한 세계, 두 세계의 존재다. 영웅은 특별한 계기를 통해 일상 세계를 벗어나 특별한 세계로 향하고 그곳에서 업적을 세운 뒤 귀환한다. 그 '특별한 세계'는 문화적 시공간에 따라 언제나 바뀌었는데, 올림포스일 수도 있고, 하데스의 명계일 수도 있다. 발할라일 수도 있고 바리데기가 지나왔던 저승일지도 모른다. PC의 발달 이후 온라인 게임에 대한 관심이 늘어났고 다양한 대중문화가 상호 교차되며 새로운 문화지형도를 만들었다. 게임은 다양한 소재를 찾아 퓨전화를 모색하던 판타지 소설에는 더할 나위 없이 신선한 무대였으리라.

여기에서는 게임과 판타지가 결합된 소설들의 시공간을 놀이와 게임 공간, 그리고 몰입이라는 용어를 통해 구분하고자 한다. 게임 공간은 놀이를 이루기 위해 유저가 접속하는 가상의 디지털 시공간이다. 몰입은 현실의 신체와 정신에서 벗어나 게임 속 캐릭터를 자신의 자아정체성으로 온전히 받아들이고 행위하는지에 따라 가름한다.

첫째, 놀이의 공간이지만 몰입의 공간이 아닌 경우다. 게임 공간은 등장하지만, 가상현실 체험기기를 통해 '탈(脫)신체' 하지 않는다. 이러한 체험은 주인공이 게임을 진행하는 동안 그 게임 속 공간이 별도의 세계라고 여기게 한다. 이를테면 소설 『탐그루』는 영혼이 에뮬레이팅된 가상 세계에서 가상의 소녀인 세헤라자드와 주인공 비류가 만나는 이야기다. 세헤라자드는 비류에게 작중 등장하는 게임 〈소드 앤 매직〉의 스토리 같은 여행담을 들려주는데, 비류는 현실 세계에서도 〈소드 앤 매직〉이라는 게임을 하지만 이들이 만나는 공간과 다루는 게임의 이야기는 어디까지나 소재로 제한된다.

둘째, 디지털 공간이지만 놀이를 위해 만들어진 세계가 아닌 경우다. 영화 〈주먹왕 랄프〉는 게임 속 캐릭터가 주인공이다. 주인공이 디지털 공간 안에서 여러 게임 세계를 넘나들지만, 그들에게는 디지털 공간이 현실이며 인간 중심의 '바깥세상(아날로그 세상)'에 살지 않기에 그들이 존재하는 공간을 놀이적 공간으로 볼 수 없다. 그들의 놀이는 유희를 위한 구조적 행위라기 보단 그저 '삶'이다. 그렇기에 이러한 작품은 게임이라는 디지털 시공간을 배경으로 하지만 '게임판타지 소설'의 형식이라고는 볼 수 없다.

셋째, 게임으로 만들어진 놀이의 공간이자 몰입하는 세계인 경우다. 제작자가 만든 게임 공간에 플레이어가 특정 형식을 빌려 접속한다. 이때 클리셰로 뇌파를 읽어내는 기계(또는 머리 착용 디스플레이)가 사용된다. 그리고 이렇게 접속한 공간에서 주인공은 가상의 신체를 얻어 모험을 떠난다. 이 세 번째 형식의 소설들이 '게임판타지 소설'이라는 장르군을 형성하게 된다.

한국 판타지 소설의 계보에서는 최초의 게임판타지 소설로 보통 1999년 출간된 김민영 작가의 『옥스타칼니스의 아이들』을 꼽는다. 후일 『팔란티어』라는 이름으로 개정된 이 작품은 에브왐이라고 불리는 멀티 세트, 전자기 뇌파 모듈레이터를 통해 가상현실 게임에 접속해서 모험을 떠나는 서사다. 주인공 원철이 〈팔란티어〉라는 게임 공간에서 보로미르라는 캐릭터로 살아가며 벌어지는 일들을 다루며, 현실과 가상의 이중 서사에 집중한다. 이것은 작금의 게임판타지 소설이 보여주는, 고글을 통해 게임으로 접속하는 방식과 다르지 않다.

> 에브왐이란 인간의 모든 느낌과 생각이 대뇌 피질의 전기 신호로 나타난다는 사실에 착안하여 그 신호를 해독하려는 시도에서 출발한 장비이다. 즉, 'ㄱ'이라는 글자를 생각할 때의 뇌파는 이것, 'ㄴ'이라는 글자를 생각할 때의 뇌파는 이것, 이런 식으로 뇌파 신호를 풀어 나갈 수 있다면 굳이 키보드로 치지 않아도 '송아지'라고 생각하는 것만으로 컴퓨터가 그것을 '송아지'로 인식하게 할 수 있다는 것이다. 다시 말해서 다른 장비 없이 뇌로부터 직접 입력을 실현시키려 한 장치였다. 나아가서 최소한 이론적으로는, 역으로 전기 자극을 주어 대뇌 피질에 자장 변화를 유도함으로써 그 실제 감각을 느끼는 것처럼 착각하게 만들 수도 있었다. 즉, 눈을 감고 귀를 막고 있어도 자장에 의한 뇌파 조작만으로 영화를 보는 것 같은 환상을 일으킬 수 있다는 것이다.
>
> ─김민영, 『팔란티어』, 황금가지, 2006.

이런 장면들을 보면 왜『옥스타칼니스의 아이들』을 한국 게임판타지 소설의 초기 모델이라고 하는지 이해할 수 있다. 하지만 이 작품은 특정한 장르 관습과 장르군을 형성하는 것에는 실패했다. 몇 가지 이유가 복합적으로 섞여 있는데, 첫 번째는 앞서 이야기했듯 당시 판타지 소설 작가들이 기술을 빠르게 습득해서 소비하던 얼리어답터였다는 점이다. 인터넷이 대중화되어 있지 않던 시대에, 일반 독자들은 '온라인 게임'이라는 개념 자체를 잘 이해하지 못했다. 후일 개정판『팔란티어』의 장르 표기가 '장편 스릴러 소설'로 되어 있는 것도 게임이라는 소재를 차용했을 뿐, 게임판타지라는 장르군, 즉 창작을 위한 구조적 약속 안에 편입되지 못했음을 보여준다.

두 번째,『옥스타칼니스의 아이들』이 추구한 것은 게임 공간을 배경으로 한 사건의 전개였단 점이다. 상술했던 시공간 모델의 세 번째 조건인 '게임으로 만들어진 놀이의 공간이자 몰입하는 세계'를 만족시키지 못했다. 소설 속에서 에브왐을 통해 접속하는 가상현실 공간은 '플레이어'가 주도적으로 자신의 행동을 진행하는 곳이라기보다는 자신의 무의식에 맞춰 행동하는 또 다른 자아를 '목격'하는 공간에 불과하다. 실제로 소설에서 게임 속 자아인 보로미르와 게임 밖 자아인 원철은 가끔 대화를 나누는 등 별개의 인격처럼 그려지며, 이러한 온라인-오프라인 인격의 분화는 소설에서 매우 중요한 장치로 작동한다.

그렇기에 차별화된 관습을 가진 '게임판타지 소설' 장르와 달리 『옥스타칼니스의 아이들』은 단순히 '게임'을 소재로 한 작품으로 해당 시기의 다른 판타지 소설과 큰 변별점을 찾기 힘들다. 또한 동시대 출간된 게임 〈스타크래프트〉를 다룬 소설이나, 게임 잡지에 연재되었던 이문영 작가의 「울티마 온라인 여행기」 등과도 비슷해 '게임판타지'라고 분류하기에는 무리가 있다.

게임판타지 장르의 형성

게임 접속과 서사의 내용이 관습화되어 장르로 묶이게 된 것은 2003년 무렵부터다. 2003년 한 해 동안 『이디스』를 비롯해 『더 월드』, 『이터널 월드』, 『러/판 어드벤처』, 『리얼 판타지아』, 『엘레멘탈 가드』, 『어나 더 월드』 등 10여 종의 작품이 '게임판타지'라는 분류로 출간되었다. 이렇게 하나의 장르로 자리 잡을 수 있게 된 것은 1999년과 2003년 사이 게임 체험이 폭발적으로 이루어졌기 때문이다.

한국에서 온라인 게임의 체험이 많아지기 시작한 것은 1998년과 2000년 사이이다. 이 중심에는 온라인 게임의 양두마차, 블리자드의 〈스타크래프트〉와 엔씨소프트의 〈리니지〉가 있었다. 1998년 초, 〈스타크래프트〉가 발매될 때까지만 해도 해당 게임은 적당한 관심 속에서 몇 만 카피 정도의 판매량을 보이는 것이

고작이었다. 그러나 IMF 직후 PC방이 우후죽순 생겨나면서 1999년 〈스타크래프트〉의 매출과 PC방 수는 정비례하며 급성장했다. PC방 LAN 환경에서 사용자끼리 최대 4 대 4 대전이 가능했던 것도 젊은 유저들에게 매력적으로 작용한 요소이다.

여기에 배틀넷이라는 무료 멀티게임 서비스 또한 성공 요인 중 하나로 작용했다. 인터넷망을 통해 전 세계 게이머들이 대전을 벌일 수 있었고, 3개월마다 순위를 발표하는 랭킹 시스템도 경쟁심을 자극했다. 랭킹 유지를 위해 엄청난 시간을 투자하는 사용자들이 늘어났으며, 이는 프로게이머의 등장을 이끌어 냈다. 1998년 초 PC방들이 단골 확보를 위해 대회를 개최하며 e스포츠 개념이 자리 잡았고, 1998년 말 신주영이 〈스타크래프트〉 세계대회에서 우승하며 프로게이머라는 직업이 국내에 알려졌다. 이런 과정을 거쳐 〈스타크래프트〉는 1999년 10월 말 국내 발매 16개월 만에 100만 장 넘게 판매됐고, 2004년 누적 판매량 300만 장을 넘어서며 압도적인 인기를 구가하게 됐다. 〈스타크래프트〉는 이후 수천 명이 같이 게임을 즐기는 MMORPG형 온라인 게임으로 옮겨가는 매개 역할을 했다.

또 다른 게임 열풍의 주역인 MMORPG 그래픽 머드 게임 〈바람의 나라〉가 처음 등장한 것은 1995년

12월이다. 엑스엘게임즈 대표이자 모바일 게임 〈달빛조각사〉를 개발한 송재경이 완성해 PC통신 천리안에서 서비스를 시작했고, 이듬해 1996년 12월 유료화 전환에 성공했다. 〈바람의 나라〉는 MMORPG의 효시로서 선구적인 모델이었지만 지금 우리가 알고 있는 MMORPG의 모델을 따르진 않는다. 커뮤니티는 존재했으나 게임 진행에 있어 중요하지 않았고 1인 플레이어의 임무 수행이 위주였으며 비폭력적이어서 여성 및 미성년 사용자에게 각광을 받았다.

〈바람의 나라〉의 성공에 힘입어 등장한 것이 〈리니지〉다. 〈리니지〉 서비스가 시작된 것은 1998년 9월로, 이후 20개월 만에 회원 수 300만 명을 넘어섰다. 〈리니지〉는 왕자나 공주, 기사, 요정, 마법사로 구분된 네 종족 가운데 하나를 자신의 캐릭터로 선택해 동료 게이머와 협력하여 리니지 월드를 정복하는 게임이다. 특히 〈리니지〉 성공에 가장 중요한 역할을 한 요소는 '혈맹'이었다. 일반 RPG처럼 소수의 동료들로 구성된 '파티'를 넘어서서 집단과 집단, 개인과 집단 간에 동맹과 적대 관계를 나누는 지표는 플레이어들을 열광시켰다. 더군다나 〈리니지〉는 새로운 에피소드를 주기적으로 출시해 사용자들과 적극적으로 상호작용 하여 관심을 꾸준히 이어갈 수 있도록 운영했다. 이에 2000년경에는 동시 접속자 수가 10만 명을 넘나드는 데까지 발전했다. 1997년까지 세 개, 1998년 일곱 개, 1999년 아홉 개가 출시된 것이 고작인 온라인 게임은 〈리니지〉의 성공 이후 2000년 한 해만 100개 이상의 게임이 기하급수적으로 출시되었다. 〈리니지〉의 성공이 온라인 게임의 개발과 발전에 큰 사건이었음은 이 수치를 통해서도 확인할 수 있다.

이 시기에 게임적 체험을 텍스트로 구현한 작품들이 다수 발표된다. 1994년 전격게임소설대상 1회 금상을 수상했던 타카하타 쿄이치로의 소설 『크리스 크로스』가 2003년 번역 출간되었고, 원인 불명의 이유로 게임 세계에서 로그아웃을 할 수 없게 된 츠카사의 이야기를 다룬 애니메이션 〈닷핵 사인〉이 2002년 방영되었다. 그러나 게임판타지 소설의 장르적 형식을 만드는 데 직접적으로 영향을 미친 작품은 아무래도 손희준 글, 김윤경 그림의 만화책 『유레카』라고 할 수 있다.

2000년 1권이 출간된 『유레카』는 게임판타지 소설들이 참고한 기초적 문법을 다양하게 가지고 있다. 『유레카』 1권의 코드를 통해 당시 온라인 게임에 대한 인식이나 미래에 대한 예측을 살펴볼 수 있다. 이를테면 '모뎀'이 아니라 터미널을 통해 접속하는 주인공 로토의 모습이나 뇌파를 이용해서 '수면모드'로 접속할 수 있는 머리 착용 디스플레이, MMORPG 공간에서 플레이를 하는데 〈리니지〉처럼 종족을 골라 각자의 스킬을 쓰기보다는 직업을 선택하고 레벨이 올라 마스터가 되면 새로운 직업을 고를 수 있다는 시스템 등이 그러하다. 이것은 〈리니지〉처럼 캐릭터를 고르는 순간 스킬트리와 직업이 고정되는 당시 한국의 RPG보다는 일본이나 서양의 RPG 형식과 유사하다. 또한 작품에서는 주인공 일행과 치고받는 운영진 캐릭터 '뮤리아'의 존재나 아이돌 출신 유저와 엮는 경험 등 작금의 게임판타지 소설에서 사용되는 클리셰가 다양하게 나타난다.

『유레카』 2권은 생일마다 돌아오는 신체 스캔으로 이야기가 시작된다. 이 부분은 게임판타지 소설의 주요 클리셰인 '신체성'과 '익명성'에 대해 다룬다. 사이버 공간에서 익명성을 이용한 범죄를 막기 위해 '변형이 가능한 것은 두발이나 흉터에 관련된 정도, 예외가 있다면 장애자의 신체 부위 복구 뿐'이라고 정책상으로 못을 박는데, 이것은 이후 많은 게임판타지 소설에서 채택한 윤리관이기도 하다. 이외에도 '고통'을 느낀다는 AI의 존재까지, 『유레카』에서 소개된 수많은 게임의 코드를 보면, 단순히 게임의 특성만 가지고 온 것이 아니라 코드를 둘러싼 윤리관과 감수성까지 게임판타지 장르로 이식되었음을 확인할 수 있다.

2000년대 초, 『유레카』의 출간과 더불어 온라인

게임 체험이 급격히 보편화되면서 게임판타지 소설의 무대도 불명의 디지털 공간이 아니라 온라인 게임 공간으로 확정됐다. 이러한 변화는 2003년 출간된 소설들로부터 다채롭게 확인할 수 있다.

넷에 접속한 승진은 마음을 가다듬으며 화면을 주시했다.
"접속 완료. 오늘도 렉이 걸리지 않기를."
곧 이디스의 세계가 펼쳐졌다.
동시에 바람이 그의 검은 로브를 흔들며 산뜻하게 스치고 지나갔다. 네트워크상에서 느끼는 것인데도, 바람은 실제와 별반 다르지 않았다.

—이승희, 『이디스 1』, 북박스, 2003, 28~29쪽.

일단 PX헬멧을 쓰면 5초에서 10초 정도 브레인 웨이브 검사를 한다. 플레이어의 정신과 게임의 융합을 위해서다. 그 검사가 끝나면 카도라스 오프닝이 시작된다.

—장민규, 『러/판 어드벤처 1』, 청어람, 2003, 17쪽.

[리얼 판타지아의 세계에 오신 것을 환영하며 기존의 캐릭터와 새로운 사용자와의 신체 리듬 동화비율을 높이기 위하여 수치조정 작업에 들어갑니다. 아울러 새로운 사용자의 운동신경비율과 뇌파를 캐릭터에 입

력시키오니 약간의 현기증에 대비하시기 바랍니다.]

찌잉

"크윽!"

[얼굴 모델링수치의 측정과 캐릭터 간의 동화가 끝났습니다. 즐거운 시간되시길…….]

—김주광, 『리얼 판타지아 1』, 북박스, 2003, 17~18쪽.

더 월드는 이제까지의 온라인 게임과는 길을 달리한 획기적인 시스템을 주축으로 구동되는 게임이었다. 이전의 게임이 모니터를 바라보며 하는, 주로 입력 장치를 이용한 2차원의 평면적인 시각 게임인 데 반해 더 월드는 게이머가 직접 헤드셋을 쓰고 ㈜신화에서 만들어놓은 가상현실의 세상에 들어가 체험적으로 게임을 즐기는 형식의 완벽한 가상현실 게임이었던 것이다.

—김현오, 『더 월드 1』, 자음과모음, 2003, 9쪽.

위의 예시에서 확인할 수 있듯이 2003년도에 출간된 게임판타지 작품들은 뇌파를 흡수하는 머리 착용 디스플레이를 통해서 가상현실 게임으로 접속하는 장면을 전면에 내세운다. 특히 해당 소설들을 읽다 보면 비슷한 코드가 눈에 띄는데 MMORPG 게임의 플레이, 10~20대의 젊은 주인공, 길드전 등 당시 게임 체험을 기반으로 한 관습들이다.

이후 2004년 『TGP1』과 『레이센』, 2005년 『올 마스터』와 『반』의 연달은 출판으로 게임판타지 작품은 장르로서의 형식을 천천히 다졌다. 이들을 통해 게임판타지라는 장르가 본격적으로 형성되었지만, 당시 시장 상황에서 게임판타지 장르가 성공했다고 말하기에는 반응이 미비했다. 출판전문지 〈기획회의〉 485호에는 『달빛조각사』 남희성 작가가 그 당시 상황을 술회한 인터뷰가 담겼다.

Q. 『달빛조각사』가 나올 당시는 게임판타지라는 장르가 대중적으로 주목받지 못했던 것 같습니다. 『달빛조각사』가 성공할 거라고 예상하셨나요. 또 『달빛조각사』가 마니아층을 넘어 대중적으로 사랑받게 된 이유가 있다면 뭐라고 생각하십니까?

A. 『달빛조각사』의 탄생에는 비하인드 스토리가 있는데요. 원래 책을 내고 있던 출판사에서는 제가 게임 소설을 쓴다고 하니 반대했습니다. "게임 소설은 얼마 팔리지 않는다"고 하시더군요. 장르 자체의 한계가 있기 때문에 작가들도 잘 도전하지 않는 분야였습니다. 결국 출판사를 옮겨서 내게 되었는데, 당연히 성공보다는 제가 재미있는 글을 써보고 싶은 욕심이 컸습니다. 자기만족이나 성취감이 없다면 작가는 정신적으로 오래 하기 힘든 직업이거든요.

『달빛조각사』가 독자들의 사랑을 받은 이유는 게임 소설이 가진 장점들을 잘 버무렸기 때문이라고 생각합니다. 모험, 퀘스트, 노가다를 즐기는 주인공, 즐겁고 활발한 분위기…. 분위기와 몰입감을 위해 소설에서 주로 사용하는 단어와 표현, 문장의 호흡 등을 전에 쓰던 글들과는 완전히 다르게 했습니다. 독자들이 한 편의 영화를 보거나, 직접 가상현실에 빠져 게임을 하는 느낌을 주는 데 신경을 썼고, 다양한 소재와 스토리에 대한 고민도 있었습니다.

—「『달빛조각사』는 어떻게 탄생했는가
－남희성 작가 인터뷰」, 〈기획회의〉 485호, 2019.4.5.

작가는 자신이 게임판타지 소설을 쓰기로 하자 전작들을 출간하던 출판사에서 나와 새로운 출판사로 적을 옮겨야 했을 정도로 게임판타지 소설에 대한 당시의 인식이 좋지 않았다고 증언한다. 그런 상황에서 2007년 1월 출간된 『달빛조각사』는 세간의 인식을 훌륭히 깨부수며 상업적 성공을 거뒀다. 2007년의 성공을 2020년의 지표로 이야기하는 것이 어색하기는 하지만, 2020년 『달빛조각사』는 카카오페이지에서 500만 명이 넘는 구독자를 확보했고 종이책 누적 판매 부수도 600만 권 이상이라는 위업을 달성했다.
　작가 본인의 말처럼 『달빛조각사』에는 '게임판타

지 소설이 가진 장점'이 무엇인지 천착한 흔적이 나타난다. '게임'이라는 이름의 모든 소재를 망라하던 기존의 방식에서 탈피하고, 독특한 직업들을 중구난방으로 제시해 '게임'의 세계를 게임답지 않게 묘사하던 몇 가지 단점들을 보완한 것이다. 이로 인해 게임판타지라는 장르의 흥행 공식이 확고해졌으며 게임판타지의 코드와 시스템은 다른 판타지 소설 속으로도 서서히 안착했다. 이후 『대장장이 지그』, 『아크』, 『타투』 등이 연달아 게임판타지 장르로 성공하게 되며 게임을 배경으로 한 다양한 소설들이 이곳저곳에서 폭넓게 나타나기 시작한다.

게임 세계와 히든 피스라는 균열

1999년 『옥스타칼니스의 아이들』 출간으로부터 4년 이 지난 2003년 출간된 게임판타지 작품들은 무척이나 큰 폭으로 변화했다. 이 간극의 핵심은 무엇보다도 '게임'이라는 세계를 어떻게 볼 것인가, 그리고 게임 바깥의 현실은 어떻게 조형되어 있는가, 하는 지점이다. 우선 게임판타지 이전의 작품군이었던 초기 판타지 소설과 퓨전 판타지의 공간에 대해 이야기해보자.

소설의 주인공은 일상을 살다가 그 일상을 깨부술 만한 강력한 계기로 인해 일련의 사건들을 겪으며 자신의 결핍과 마주한다. 전개에 따라 주인공은 긍정적 또는 부정적인 방향으로 변화하며 서사의 얼개를 만든다. 판타지 소설의 엔딩은 대부분 작품 초반부에 제시된 주인공의 결핍을 충족하고 목표를 달성하는 것으로 마무리된다.

그런데 이러한 서사 구조에서도 '퓨전 판타지'와 '게임판타지'는 차이를 보인다. 퓨전 판타지가 주인공이 가상 세계로 이동함으로써 모든 목적이 달성되었다면, 게임판타지는 단순히 '게임에 접속하는 것'만으로 목적 달성이 불가능하다. 게임 회사에서 제공하는 서버에 불특정 다수의 플레이어들이 자유롭게 접속할 수 있다는 온라인 게임의 특성 때문이다. 퓨전 판타지는 주인공이 다른 세계로 이동할 때 초월적 존재나 위력이 개입된다. 이를테면 신, 드래곤, 악마나 고대 대마법이 세계를 넘나들게 하며 개연성을 만든다. 그러나 온라인 게임은 그렇지 않다. 게임 속 세계는 누구나 접속할 수 있다. 그곳은 일상을 만족시켜주고 '나'에게 초월적 능력을 주는 도피나 회복의 공간이 아니다.

더군다나 온라인 게임은 온라인-오프라인이라는 두 가지 상황에 구속되어 있다. 퓨전 판타지 소설에서 주인공은 한 번 이동한 이상 다시 '초월적인 힘'과 연결되지 않는 한 원래의 세계로 복귀할 수 없었고 이러한 '초월적인 힘'은 서사 속에서 특별한 보상으로 기능한다. 이를테면 주인공이 판타지 세상으로 넘어가 그 세계에 산재한 문제들을 해결해주고 그에 따른 보상으로 원래 세계로 복귀할 수 있게 되거나 자신의 초능력을 개발한 끝에 차원을 넘나들 수 있는 강력한 힘이 생기는 것이다. 즉, 퓨전 판타지 세계에서 '귀환' 또는 '세계의 이동'은 필연적으로 서사의 국면 전환과 새로운 서사의 시작을 암시한다.

하지만 게임판타지 세계에서 로그아웃은 서사의 국면 전환과는 아무런 연관이 없다. 이는 서사를 이끌어가는 '신체'가 현실 세계에 발을 딛고 생활하기 때문이다. 아날로그의 존재는 아날로그의 신체를 가지고 있다. 결국 게임 속에서 레벨을 올리고 모험을 즐기던 '나'는 필연적으로 현실의 대지에 발을 디딜 수밖에 없다.

이러한 역학 관계 속에서 현실의 나와 가상의 나는 동일한 '나'임에도 불구하고 지위 격차가 생긴다. 기존의 판타지 소설 문법에 따르면 주인공은 '가상의 세계'에서 삶을 살고 의미를 찾아야 할 정도로 현실에서 결핍이 있는 존재다. 그러다 보니 아날로그 신체는 불안정한 현실 세계에 붙박여 있고 디지털 신체는 아날로그 삶의 보충재이자 반동으로서 넓은 세상을 유영하고 자유를 만끽한다. 실체를 가지지 못하는 삶이 오히려 강한 의미를 갖게 된 것이다. 그러나 '디지털'이라는 공간, 즉 실체를 가지지 못한 공간에서 이루어진 자유는 그 자체로 문제를 내포한다.

놀이의 특성 중 규칙 부분을 살펴보면, 규칙이 놀이라는 구조 속에서 한정적으로 유효해야지만 놀이가 놀이로서 성립된다. 즉 놀이의 규칙은 '놀이' 안에 서만 유효하다. 게임 속 디지털 신체는 현실의 신체보 다 지위가 높음에도 불구하고 게임이라는 공간을 벗 어나는 즉시 힘을 잃어버린다. 결국 소설 속 가상 세 계에서 로그아웃하는 장면이 나오는 순간 독자에게 남은 것이라곤 볼품없는 현실의 주인공밖에 없다.

이러한 문제를 보완하기 위해서는 잠시 게임 세 계에서 시선을 거두고 다시 현실 세계에 대해 새롭게 논의해야만 한다. 현실 세계를 단순히 게임이라는 도 구를 접하고 플레이 직전까지 살아가는 공간이 아니 라, 행위에 따른 보상이 실현되는 공간, 이를테면 지 위와 명성을 얻을 수 있는 무대로 만드는 것이 필요하 다. 즉, 게임판타지 소설의 모험은 가상 세계로 전환 한 이후 일어나는 모험이 아니라 현실에 신체를 두고 이루어지는 '플레이' 행위인 것이다. 바꾸어 말하면, 주인공은 현실 세계에서 끊임없는 '플레이' 행위를 통 해 모험을 떠난다.

물론 단순히 게임을 플레이하는 것만으로 '현실 에서 모험을 하고 있다'는 말은 쉽게 납득하기 어렵 다. 그렇기에 작가는 가상 세계 속에서 일어난 모험이 현실에 영향을 끼칠 수 있도록 현실 세계를 새롭게 설 정할 필요가 있다. 이를테면 현실에서 게임 문화의 지 위를 상승시키고, 게임이 경제를 굴러가게 하는 주요 산업이 되도록 보편화시킨다. 전 세계 사람들이 너도 나도 쉽게 접속할 수 있도록 네트워크와 접속 기기가 상용화되어야 하며, 게임 플레이 스킬은 아날로그 노동력과 비슷하게 취급받고 그만큼의 생산성을 갖는다. 이러한 고민은 초기 게임판타지 소설에서 쉽게 찾아볼 수 있다.

"그런데 네 아버지가 신화의 이곳 지사장이라지?"

"…네."

우리 아버지는 더 월드의 개발 회사인 ㈜신화의 임원이시다. 즉 아버지 덕분에 더 월드를 알게 됐고, 나 역시 그때 더 월드를 시작하게 된 것이다.

하지만 더 월드와 아버지를 연결시켜 생각하고 싶지는 않다. 내가 호기심이 일었기에 더 월드를 시작한 것이지 아버지가 하라고 해서 시작한 것은 결코 아니기 때문이다.

"그럼 너도 더 월드를 하겠구나?"

요즘 세상에 게임만 한다고 혼내는 선생은 없다. 지금 한국이 세계에서 두 번째로 거대한 부를 쌓은 이유도 바로 게임 때문이고, 정부에서도 게임 산업 쪽에 막대한 투자를 하면서 게임 제작 프로그래머는 물론 유저들까지 육성하도록 장려하고 있는 상황이다.

게임 제작 프로그래머는 게임을 만들고, 게임 유저들

은 여러 가지 아이디어를 제공하게 된다. 게임 제작 프로그래머들이 아무리 머리를 써도 게임을 즐기는 유저들의 번뜩이는 아이디어를 능가할 수 없기 때문이다. 때문에 게임을 하는 유저들의 육성도 장려하는 것이다. 오죽하면 학교에서도 게임에 대해 배우겠는가 …….

(중략)

"우리 반에 들어왔으니 당연히 유빈이 더 월드를 하고 있다는 것을 알겠지? 이 녀석은 4년 전 베타 때부터 하였고 지금은 절정 고수라고 한다."

"정말이오?!"

"우와!"

절정 고수라는 말이 가지는 힘을 알겠군. 나를 보고 조용했던 녀석들이 순식간에 시끌벅적해졌으니 말야.

　　　　　　　—김현오, 『더 월드 1』, 자음과모음, 2003, 29~31쪽.

"새로운 학생을 소개하겠다. 인천 고등학교에서 전학 온 학생이다."

선생님의 간단한 소개를 끝으로 나는 나의 이름을 학생들에게 공포했다.

"시신성이다. 잘 부탁한다."

"쟤 혹시 마스터 레벨의 개 아냐?"

"맞아, 본 것 같아! 마듀라가 확실해!"

웅성웅성. 소곤소곤.

학생들이 다들 내 정체를 가지고 소곤댔다. 하긴 TV에
도 몇 번 출연한 적이 있었고 카도라스 게임 속에는 꽤
얼굴과 이름이 알려진 나니까. 한 학생이 손을 번쩍 들
어 올리며 나에게 질문을 했다. 질문을 한 학생은 여학
생이었는데 얼굴은 반반하고 조금 놀게 생긴 것 정도?
생긴 거 답게 치마도 짧다.

"신성이라고 했니? 혹시 카도라스 아이디 있니?"

나는 그녀의 질문에 잠시 고민했다. 아이디를 밝혀야
하나? 반 학생들 모두 나의 대답을 숨죽이며 기다리고
있는 도중 나는 그녀의 질문에 짧게 답했다.

"있다."

"꺄아! 정말인가 봐!"

"혹시 진짜 마듀라인가?"

교실이 다시 술렁이자 담임 선생님이 책상을 몇 번 두
드리며 주위를 환기시켰다.

— 장민규, 『러/판 어드벤처 1』, 청어람, 2003, 10쪽.

『더 월드』의 주인공은 입시, 야간자율학습 등 공
부를 통한 경쟁사회의 삶, 그러니까 2020년 한국의
삶을 체험해보지 못한 청소년이다. 그럼에도 소설 속
의 내포 화자가 "요즘 세상에 게임만 한다고 혼내는
선생은 없다"라고 서술한다면 이것은 작가가 캐릭터

의 입을 빌려 현대사회와 소설 속 세계가 어떻게 다른지 독자에게 설명하는 것이다. 그가 설정한 세계 속에서 한국은 게임으로 인해 세계에서 두 번째로 부유한 국가가 되었으며, 학교에서는 게임 플레이어들을 위해 특별 클래스를 개설할 정도로 정부에서 막대한 투자를 하며 집중적으로 게임 산업을 양성한다.

특히 주목할 것은 소설 속에서 '유저'라는 존재의 역할이다. 게임 개발자보다 유저가 다양한 아이디어를 뿜낼 수 있는 건 유저가 프로그래밍의 감각이 아니라 놀이의 감각으로 게임을 바라보기 때문이다. 또한 단순히 보더라도 유저의 수가 더 많으니 집단 지성의 발휘가 가능하다. 게임판타지 소설은 '게임 제작 프로그래머들이 아무리 머리를 써도 게임을 즐기는 유저들의 번뜩이는 아이디어를 능가할 수 없기 때문'이라며 당위성을 만들어 게임 유저만의 독특한 생산성이 있다고 말한다.

이러한 설정은 장민규 작가의 『러/판 어드벤처』에서도 나타난다. '마스터 레벨'이라는 독특한 지위까지 도달한 주인공은 'TV에도 몇 번 출연한 적'이 있을 정도로 대중적인 인기를 구가한다. 즉, 이 세계 속에선 게임을 잘하는 것이 미디어 스타의 지위를 만들어주는 것이다. 이러한 지위는 '얼굴은 반반하고 조금 놀게 생긴' 학생조차 주인공에게 적극적인 관심을 표한다는 묘사를 통해 알 수 있듯 섹슈얼한 매력까지 어필할 수 있는 주요한 능력으로 비쳐진다.

이렇게 게임판타지 소설에서 근미래로 설정된 현실 세계는 가상현실 기술이 실현되는 미래일 뿐만 아니라, 가상현실에서 게임을 잘하는 것이 현실의 문제까지 해결해줄 정도로 게임 문화에 대한 인식이 보편화된 세계다. 소설 속 게임 세계는 현실 세계의 욕망이 강화된 시뮬라크르이며 두 세계는 서로의 욕망을 마주 본다. 이러한 구조 속에서 주인공은 이중의 세계를 끊임없이 배회한다. 그들이 게임 세계를 현실 세계처럼 몰두하는 것은 가상현실이 오감까지 구현하여 현실처럼 느껴지기 때문이 아니다. 그들의 신체가 있는 현실 세계마저 사실은 현실의 외피를 쓴 또 다른 '가상' 공간에 불과한 탓에 그 어느 쪽에도 제대로 자리 잡지 못하고 끊임없이 미끄러지는 것이다.

초기 게임판타지 소설 모델은 이 정도에 그친 채 구현되었고 문제점 역시 빠르게 노출되었다. 이들은 퓨전 판타지 소설의 세계관 모델에 '게임'을 덧씌운 것에 불과했으며, 문제점 역시 그대로 답습되었다. 현실의 모든 괴로움을 잊기 위해서 '판타지 소설을 보던 나'가 '판타지 소설 속 세계로 떠나는 나'로 재현되었듯이, 게임판타지 서사는 현실의 '나'가 게임을 하여 게임 세계에 접속하는 것만으로도 만족하는 모습으로 재현된다. 그렇기에 초기 게임판타지는 고수인 주인공이 게임을 처음 해보는 유저를 육성하거나, 레벨이 높은 고수가 게임 회사까지 엮인 사회적 문제를 해결해나가는 방식으로만 서사를 풀어나간다. 앞서 예시로 들었던 『더 월드』나 『러/판 어드벤처』의 주인공들이 1권부터 자기를 '절정 고수'나 '마스터 레벨'로 소개하는 것을 보라.

현실 욕망을 해결하기 위해 '플레이'를 도구적으로 사용한 서사는 '게임판타지'라는 장르를 구축했지만, 게임을 하는 현실의 플레이어의 이야기 외에는 별다른 재미를 만들어내지 못한다. 남희성 작가의 인터뷰처럼 초기 '게임판타지'라는 장르가 그다지 인기를 끌지 못했던 것도 이러한 영향이었으리라. 이는 독자들이 생각하는 '게임'의 요소나 '게임'만의 재미와도 거리가 멀었다.

이러한 보편적 정서와 재미를 위해선 소설 속에서 '게임'의 지위를 조금 더 키워야만 했다. 이를 도와주는 것이 바로 과거 판타지나 무협에서 얻는 기연, 비급, 고대의 유물과 같은 방식으로 재현된 '히든 피스(Hidden Piece)'의 이식이었다. '히든 피스'라는 고유명이 처음 등장한 작품은 『유레카』였다. 『유레카』의 무대가 되는 게임 〈로스트 사가〉는 한 명의 천재 개발자가 설계했는데, 이 설계 과정에서 프로그래밍을 뛰

어넘어 개발자조차 예상하지 못한 결과를 만들어내는 비밀 조합들을 숨겨놓는다. 이것이 바로 히든 피스라는 개념이다.

해당 개념은 『유레카』 5권에서 두 가지 장면으로 등장한다. 첫 번째는 모든 공격을 방어하는 방어막을 뚫는 장면이다. 주인공은 방어막을 뚫기 위해 마법 반사 주술을 자신에게 걸고, 자신에게 공격 마법을 사용해 마법 방어막을 뚫고 데미지를 준다. 이러한 꼼수는 JRPG에서 종종 나오던 클리셰로, 프로그래밍된 코드의 틈을 이용한 버그 플레이에 가깝다. 이런 식의 팁은 '이스터 에그(Easter Egg)'라고 해서 1977년 아타리에서 출시한 게임부터 꾸준히 이어져오는 게임 업계의 전통이기도 하다. 게임판타지 소설에서도 이스터 에그는 간혹 목격된다. 이를테면 『더 월드』 1권의 7챕터 제목은 아예 '이스터 에그'이다.

내가 홀로 사룡 암무를 제압할 수 있었던 이유가 바로 여기에 있다. 물론 그와 함께 내가 가진 무공이 더해지고 운까지 더해졌지만 그래도 이런 능력치가 없었다면 절대로 암무를 이기지 못했을 것이다.

내 기본 능력치는 에리두의 더블 마스터와 거의 대등하고, 오러의 수치는 트리플 마스터의 두 배에서 세 배에 이른다. 종합적인 능력치를 살펴보면 에리두의 트

리플 마스터의 능력치까지 상회한다는 것을 충분히
알 수 있다.

"후훗. 이스터 에그(The Easter Egg)라고 부르는 개발자
의 농간이죠."

—김현오, 『더 월드 1』, 자음과모음, 2003, 136쪽.

그러나 게임판타지 소설의 작가들이 주목했던 것
은 이스터 에그가 아니라 '히든 피스'의 두 번째 형상이
었다. 바로 플레이어가 NPC를 위해 자기희생 주문을
사용하자 자신을 위해 희생한 플레이어의 시체를 보
고 '시스템의 한계치'보다 더욱 강력한 숨겨진 힘을 발
휘하는 NPC의 모습이다. 시스템상 매우 강력하게 세
팅되어 있어 그 누구도 죽일 수 없었던 보스몹까지 해
치운 NPC의 서사는 히든 피스가 게임의 밸런스를 뛰
어넘는 룰 브레이커로 기능함을 알 수 있다. 특히 이러
한 규칙의 붕괴는 가상 세계, 게임의 세상과 소설의 세
상 속에서 죽음의 의미를 본격적으로 논하게 만든다.

게임판타지는 가상 공간의 삶이니만큼 서사 속에
서 죽음을 다루는 것이 덜 충격적일 수밖에 없다. 특
히 국내의 게임 플레이어들은 코인 하나로 되살아나
게임의 최종 목표까지 나아가는 비디오 게임 체험을
공유한 사람들이었다. 그런 사람들에게 게임 속 죽음
은 서사에서 추방되는 것이 아니라 경쟁에서 약간 도

태되거나 가볍게 숨을 고르는 것에 불과하다. 그런데 NPC라는 게임 속 캐릭터를 전면에 내세움으로써 유저의 죽음에 의미를 주는 이러한 방식은 게임 속 삶을 실제의 '삶'이라고 여기는 존재가 있음을 독자에게 각인시키며 게임 속 세계를 2차 세계로 변모시킨다.

그렇기에 『더 월드』에서 구현된 이스터 에그와 『유레카』의 히든 피스는 그 형식과 성격 면에서 흡사해 보이지만 장르에서 사용되는 기능은 상이하다. 앞서 언급한 손희준 작가의 인터뷰에 따르면 히든 피스란 『유레카』의 스토리를 짤 당시 '이스터 에그'라는 명칭을 몰랐기 때문에 만들어낸 고유명사로, 완전히 새롭게 창조된 개념이다. 이후 출간된 게임판타지 작품들이 '이스터 에그'라는 버그 플레이보다 '히든 피스'라는 형상에 주목한 것을 볼 때 게임판타지 장르의 팬덤은 게임 제작자와 플레이어의 은밀한 커뮤니케이션으로 이루어지는 게임적 요소에 집중하기보다는, 게임판타지라는 독자적인 판타지 세계를 구축하려고 했음을 알 수 있다.

히든 피스의 개념이 처음으로 게임판타지 소설에서 재현된 것이 언제인지 이야기하기에는 무리가 따른다. 당시에는 온라인에 먼저 연재한 후 상업성을 검증받은 작품들만 종이책으로 출판되었기 때문이다. 종이책을 기준으로 한다면 대략 2004년에 출간된 김운영 작가의 『신마대전』이 히든 피스 개념을 이식한 첫 작품으로 추정된다.

2차 직업을 가진 캐릭이 순수 3차 직업을 선택하지 않고 다른 계열의 1차 직업을 선택할 수 있게 되는 경우가 있다. 이것을 혼합 기본 직업이라고 하고 이 직업은 혼합 3차 직업으로 가는 길목이다. 대부분 일종의 히든 피스로 아무나 되는 것은 아니고 순수 3차 직업에 비해 훨씬 복잡한 조건을 만족시켜야 한다.

2-4) 혼합직업의 매력은 최후에 강력한 캐릭으로 성장할 수 있다는 것이다.
혼합직업은 일종의 히든 피스나 최강이 되기 전까진 오히려 약할 수 있다.

배틀마스터 : 네크로맨서와 더불어 2대 히든 피스 직업, 공격계로써 공격력과 마도사의 마법력을 동시에 쓸 수 있다.

물론 극히 드물고, 같은 조합이라도 항상 되는 것이 아니라, 상급 기술 50%, 최상급 기술 10%, 유니크 기술 1%의 확률로 된다. 이것이 스킬 히든 피스이다.

— 김운영, 『신마대전』, 자음과모음, 2004.

소설 안에서는 '히든 피스'라는 고유명이 등장하지 않지만, 작품의 설정집에서는 '히든 피스' 용어가 직접적으로 언급된다. 이것은 히든 피스라는 개념에 대해 독자와 작가가 충분히 이해하고 있고, 공유되어 있음을 짐작게 한다. 이 설정집을 보더라도 이스터 에그와 히든 피스의 차이가 뚜렷함을 확인할 수 있다. 『신마대전』의 무대는 세기창조사에서 만든 〈신마대전〉이다. 그리고 이 〈신마대전〉은 여러 사람이 만들어낸 게임이 아니라 "게임계의 매드 사이언티스트인 선지은"이라는 인물에 의해서 만들어진 완벽한 세계다. 이 세계는 '운영자'라는 프로그래머의 개입이 아니라 '신'으로 설정된 AI들이 자발적으로 만들어내는 우연성, 그리고 패치가 필요 없을 정도로 짜인 완결성으로 굴러간다.

"신마대전은 새로운 서버 구축 방식에 의해 구현된 새로운 방식의 게임입니다. 이 게임에는 저희 운영자가 직접적인 영향을 미치지 못합니다. 왜냐하면 이 게임은 슈퍼 AI인 일곱명의 신에 의해 창조된 세계이기 때문입니다. 즉, 저희는 세계의 법칙과 세 명의 신선, 세 명의 악신, 그리고 한 명의 중립신을 만들고, 과거 3년간 5000배의 속도로 세월을 경과시켜, 탄생 1만 5000년의 새로운 가상 세계를 창조한 것입니다."

사람들이 웅성대기 시작했다. 장 과장은 약간 뜸을 들여 사람들이 다시 조용해지기를 기다렸다가 설명을 계속했다.

"물론 신들은 자신이 프로그램이라는 것을 자각하지 못합니다. 그들은 그들의 공간인 절대 신계에서 그들의 힘의 근원이자 창조 공간인 브리시아를 살피며 발전시킵니다. 운영자는 그들에게 있어 더 상위 차원에 있는 상급 신의 사자라고 인식되므로 운영자가 부탁하면 웬만한 것은 이루어지지만, 직접적인 코드 변환이나 능력치 변환, 또는 스킬의 추가 등은 불가능합니다. 퀘스트도 NPC의 유전자 코드와 아이템에 입력되어 계승되어가는 기본적인 자동 발생 퀘스트 패턴에 의해 계속해서 변화하기 때문에 같은 퀘스트는 거의 없는 것입니다. 유저는 세계의 변화를 위해 상급 세계에서 보낸 상급세계의 시민들로 인식됩니다. 그렇다고 해서 특혜가 있는 것은 아니고, 결국 브리시아의 주민들과 같은 생활을 하게 되는 것입니다."

— 김운영, 『신마대전』, 자음과모음, 2004.

'히든 피스'가 설정집 같은 번외 텍스트가 아니라 작품 내에서 언급된 것이 어느 시기부터인지 확실히 파악할 수는 없었으나 2006년도에 나온 『프로피티아 시티』에서 '히든 시스템'이라는 형태로 변용된 흔적을 발견할 수 있었다.

"설마 히든 시스템!"

김 팀장의 말이 끝나자마자 박 팀장은 프로피티아 시티의 유일한 보상 시스템이 생각났고, 그 극악한 시스템이 발동될 거라는 사실에 경악해야 했다.

프로피티아 시티 처음 개발 시에 여러 가지 퀘스트와 보상 설정 부분에서 많은 시간이 투자되었는데, 그 당시 사장을 제외하고 아무도 모르는 비밀리에서 만들어진 하나의 시스템으로 인하여 프로피티아 시티는 하나의 거대한 자아를 가진 세계로 바뀌게 되었다.

그로 인해 수많은 개발자들은 그 뒤로 프로피티아 시티가 스스로 발전해 나가는 모습에 경악을 해야만 하였다. 프로피티아 시티는 따로 관리하지 않아도 스스로 발전시키며 세계를 넓히는 것이었다.

또한 개발자들이 간섭할 수 없는 것들도 생기게 되었는데, 그것들 중 하나가 바로 히든 시스템이라는 보상이었다.

— 케이츠, 『프로피티아 시티 1』, 영상출판미디어, 2006.

게임 개발자의 프로그래밍에 따라 만들어졌지만 가상 세계가 스스로 발전을 거듭해 독자적인 세계로 나아가며 자아를 가진 후 개발자들이 간섭할 수 없는 것이 되는 『프로피티아 시티』의 '히든 시스템'은 『신마대전』의 '히든 피스' 설정과 유사한 개념으로 보인다.

이처럼 게임판타지 소설 작가들은 소설 속 게임 세계를 현실의 게임과 차별화된 2차 세계로 만들기 위해 의도적으로 게임성에 균열을 내며 다양한 방식을 강구했다. 서버에 하나밖에 존재하지 않는 특별한 직업, 서버에 하나밖에 존재하지 않는 테이밍 몬스터, 서버에 하나밖에 존재하지 않는 퀘스트 등이 대표적인 사례다. 이러한 '유일성'은 플레이어에게 공평한 서비스를 제공해야 하는 기존 MMORPG에서는 허락되지 않는 버그에 불과하다. 그러나 소설이라는 공간은 그러한 불공평함을 게임판타지라는 장르적 개연성으로 용인하였고 주인공에게 부여된 특별성은 독자들에게 환상을 훌륭히 제공했다. 버그와 기발한 플레이를 오가는 서사는 게임의 기본 작동 방식인 '메커닉'의 제약을 해결하여 플레이어(독자)에게 자유도를 제공하고, 동시에 노동으로서의 게임에 익숙한 독자에게 '나도 저럴 수 있다면'이라는 환상을 충족시켜준다.

이러한 과정이 코드화되며 게임판타지 소설은 점차 게임 플레이 그 자체에 대한 안티로 변모한다. 극악한 확률로 떨어지는 아이템과 노가다를 반복하여 얻는 레벨업을 거부하고, 빠른 레벨업과 고급 아이템 습득을 강조한다. 즉, 게임을 모사하는 동시에 균열

내며 대리 만족 하는 이중성을 보인다. 물론 이렇게 히든 피스를 이용하여 시스템을 해킹하는 것조차도 '게임스러운' 현상으로 해석할 수 있다. 애초에 비디오 게임도 공공의 목적을 위해 연구되었던 진지한 용도의 컴퓨터를 오락용으로 개발한 시도, 일종의 해킹 행위를 통해 탄생했다고 볼 수 있으니까.

'히든 피스'라는 하나의 고유명사가 '히든'이라는 요소로 분리되어 사용된 소설 중 우리에게 가장 잘 알려진 작품은 『달빛조각사』이다. 『달빛조각사』에서는 특별한 퀘스트를 받은 주인공 '위드'에게 '히든 직업'이 주어진다. 2010년대 이후로는 〈트리 오브 세이비어〉 같은 게임을 통해 '히든 직업'이라는 개념이 보편화되긴 하였으나, 『달빛조각사』가 출간된 2007년 무렵에는 '히든 직업'이 탈(脫)게임적 요소였다.

> 그러나 연계 퀘스트의 경우에는 어떤 보상이 뒤따를지 모른다. 2차에서 히든 클래스로 안내해 주는 퀘스트였다. 거절을 했어도 유용한 스킬을 4개나 알려 주었다. 중간 단계가 이 정도인데 만약 끝을 보았을 때의 성과는 어떨까?
>
> 위드는 굴러 들어온 복을 찰 만큼 바보가 아니었다.
>
> —남희성, 『달빛조각사 1』, 로크미디어, 2007.

'히든 직업'을 내세운 수많은 모방작이 만들어졌고, 이 형식은 상위 범주인 일반 판타지 소설에도 확대되었다. 이후 다른 장르에서 게임의 형식을 차용하는 경우가 종종 목격되었는데, 게임의 직업 배경을 이용한 '레이드물'이나 감각을 수치로 환산하는 게임 시스템을 차용한 '헌터물' 등이 그러하다. 심지어 근래에는 은휼 작가의 「히든피스헌터」나 신광호 작가의 「히든 피스 다 내꺼」처럼 '히든 피스'라는 명칭을 제목에 내세운 작품까지 등장한다.

　2003년부터 시작된 게임판타지 장르는 웹소설 시장에서 중요한 축을 차지하고 있고, 그중 '히든 피스'는 게임판타지를 넘어 거의 모든 장르문학에 보편적 코드로 자리매김했다. 이처럼 게임판타지 장르의 소재가 어떻게 전개되었는지 살펴보고 그 의미를 해석하는 것은 단순히 과거에 유행했던 소설을 살펴보는 역사 연구에 그치지 않는다. 이는 웹소설 시장 전반에 공유되는 코드가 어떻게 형성되고 소비되는지, 나아가 그 코드를 통해서 어떠한 주제의식을 이야기하는지 살펴보기 위해서도 중요한 작업이다.

　히든 피스 외에도 게임판타지 장르는 국내 판타지 소설에 많은 영향을 주었다. 그중 대표적인 것이 게임 시스템이라고 부르는, '숫자로 표현되는 성장 감각'이다. 판타지 소설의 핵심 서사는 2차 세계에서 모험을 통해 주인공이 성장하는 것이고 작가들은 이러한 성장을 독자에게 어떻게 전달할 것인가 오랫동안 고민했다. 초기 판타지 소설은 '소드 유저-익스퍼트-마스터'와 같이 실력에 계급을 두거나 '일류, 절정, 화경'같이 같이 무협소설에서 차용한 고유명을 활용하는 방식으로 인물의 추상적인 힘(마법, 능력 등)을 계층화했다. 게임 시스템은 그러한 감각을 좀 더 직관적으로 변화시킨다. 판타지 소설의 기원에 TRPG 체험이 녹아 있는 만큼 이러한 설정이 이미 몇몇 판타지 소설에 사용되었긴 했으나, 게임판타지는 게임 체험과 게임 시스템이 장르문학의 코드로 자리 잡는 것에 보다 직접적으로 기여했다.

이후 소설 속 현실에서도 스테이터스 창(능력 창)이 보인다거나 게임 능력이 구현되는 등 병렬적으로 마주 보던 두 세계가 하나로 어우러지기 시작했다. 이러한 경향은 지금의 웹소설 시장에서 '전문가물'이나 '레이드물', '헌터물' 등으로 구분되는 게임 시스템 소설로 이어졌다. 이제 작가는 보다 정확하게 주인공의 성장 정도를 수치로 표현할 수 있고 독자들 역시 쾌감을 그 수치에 의지해 받아들인다. 수치에 대한 이입과 집착은 한국 판타지 소설의 팬덤이 보여주는 뚜렷한 특징이 되었다.

다음 장에서는 지금껏 다룬 내용을 바탕으로 게

임판타지 소설을 비평해보려 한다. 유명 게임판타지 소설 『달빛조각사』를 통해 게임판타지를 어떤 시선으로 바라볼 수 있을지 이야기한 다음, 양치기자리의 「칼의 목소리가 보여」와 싱숑의 「전지적 독자 시점」을 통해 소설 속에서 게임 시스템이 어떻게 구현되는지 구체적으로 살펴볼 것이다.

게임판타지
비평

4

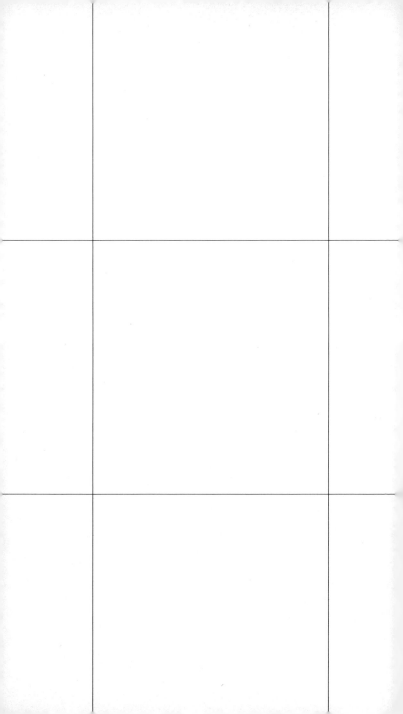

『달빛조각사』와
게임 세대의 마주 보기

남희성 작가의 인터뷰를 보면 그전까지는 게임 소설이 비주류였으며, 게임 소설의 장점을 잘 녹여내 기획한 『달빛조각사』 덕분에 게임판타지 소설이라는 장르가 단단히 자리 잡을 수 있었음을 알 수 있다. 그렇다면 『달빛조각사』는 이전의 작품들과 어떤 차별점이 있을까?

앞서 이론 파트를 통해 말했듯이, 초기 게임판타지 소설에서 게임이라는 공간은 기존 퓨전 판타지 소설 속 '소설 세계'를 대체하기 위해 쓰였다. 이 과도기에서는 게임 플레이어의 욕망과 기초적인 서사가 혼란스럽게 뒤섞였다. 대표적인 증상이 2003년 초기 작품들에서 주요 서사를 '고수'인 주인공을 통해 진행하려고 했다는 점이다.

요즘 본래의 직업을 버리고, 새 마음으로 다른 계열을 키우는 재미에 흠뻑 빠져 있다. 물론 아직은 서툴다. 겨우 15레벨.

(중략)

아참, 친구 정우와 시현이도 어제부터 다시 캐릭터를 키우기 시작했다.

그 녀석들도 하루밖에 못했기에 아직 14, 17레벨 정도지만, 서버만 복구되면 다시 폭주모드에 돌입하겠지.

—이승희, 『이디스 1』, 북박스, 2003, 11쪽.

내가 더 월드를 시작한 것도 벌써 4년이 넘었다. 클로즈 베타에서는 아깝게 떨어졌고……. 오픈 베타에서부터 시작해 현실 시간으로 하루에 열다섯 시간씩 해 왔다. 식사 시간과 학교에 가는 시간만 제외하면 모든 시간을 더 월드의 세계에서 보낸 것이다.

처음에는 꿈에도 그리던 가상현실 세계에 빠져 모든 것이 신기하고 즐거운 일들뿐이었지만… 요즘 들어서는 그런 처음의 즐거움을 도무지 느끼지 못하고 있다. 그냥 그만두지 못해 더 월드에 접속하는 것 같다고 할까……?

—김현오, 『더 월드 1』, 자음과모음, 2003, 14쪽.

[사이토는 현재 5계급이므로 도둑 계열 스킬은 59가

최상점입니다. 전투 스킬은 비 전투로 익힐 시에는 80
이 최상점입니다. 그 외 서브 스킬 등은 계급에 연연하
지 않고 마스터가 가능합니다. 또한 리얼 판타지아는
단검 스킬과 숏 소드 스킬, 쌍검 스킬 같은 경우에는 기
존 게이머의 운동신경에 대한 보정치로 올라갑니다.]

—김주광,『리얼 판타지아 1』, 북박스, 2003, 23쪽.

예시에서 볼 수 있듯 초기 게임판타지 소설의 주
인공은 게임 플레이에 이미 능숙한 고수로 소개된다.
그렇기에 그들에게서 주로 보이는 정서는 지겨움이
다. '하루 15시간'이라는 숫자까지 내세우며 게임에
전념했음을 이야기하고, 지겨움을 해결하기 위해 본
계정 대신 부계정을 키우는 등 새로운 재미를 얻기 위
한 노력을 어필한다.『리얼 판타지아』의 경우는 게임
에 익숙하지 않은 주인공을 내세우고 있으나 주인공
의 할아버지가 유산으로 남긴 캐릭터는 로그 5계급으
로 이미 고급 스킬과 아이템을 소지하고 있다.

게임의 내용을 잘 파악하고 있고, 장비도 풀로 갖
추고 있는 것. 모든 게이머들이 고수가 되기를 갈망하
는 이유일 것이다. 그러나『더 월드』의 주인공이 말한
것처럼 하나의 게임을 끊임없이 플레이하는 것은 반
복적인 행위를 끊임없이 하는 것과 같다. 결국, 고수
가 되어 세계를 '익숙한 것'으로 여기고 싶은 욕망과

익숙한 것의 지루함, 이 양면성이 현실 세계 주인공의
결핍을 더욱 주목하게 만든다.

『이디스』의 주인공 '승진'은 대인 공포증으로 인
해 현실 세계의 학업에 적응하지 못하고 도태된 학생
이다. 개학을 하고 5월이 되었음에도 단 한 시간도 수
업을 제대로 들어본 적이 없고, 반 아이들 이름은커
녕 얼굴도 모르고 담임이 누군지도 통 모른다. 자신이
교류하는 사람은 초등학교 때부터 꾸준히 친목을 다
져온 단짝 친구 두 명에 불과하다. 『더 월드』의 주인
공 '유빈'은 워커홀릭 아버지에게 질려 어머니가 도망
간 편부가정에서 살고 있으며 아버지가 게임 관련 고
등학교로 전학을 시킬 정도로 인간관계가 삭막하다.
『러/판 어드벤처』의 프롤로그부터 등장한 여자 주인
공 '세희'는 어렸을 적 부모님이 돌아가신 충격으로
실어증에 걸린 상태다.

이러한 결핍은 2000년 전후 출간된 판타지 소설
에서도 높은 빈도로 등장한다. 대여점이라는 유통망
을 통해 장르문학이 보급되면서, 판타지에 익숙하지
않은 독자들까지 판타지 소설을 읽기 시작했다. 이러
한 독자들을 위해서라도 소설 안에서 현실 세계와 가
상 세계의 경계를 구분하는 과정이 필요했다. 이것은
자연스럽게 퓨전 판타지 소설이라는 유행을 만들어
냈다. 현실 세계에서 판타지 세계로 이동하는 것에 개

연성을 만들기 위해 현실의 문제를 부각시켰고, '현실 세계'는 곧 뒤따라올 판타지 세계를 더욱 돋보이게 만들었다.

그러나 IMF 직후 젊은 세대가 겪은 사회적 문제란 '개인의 신체'로는 해결할 수 없는 것이었다. 그렇기에 현실 세계에서 가상 세계로의 이주는 드래곤이나 신과 같은 절대자에 의해서, 또는 죽음을 통해 기존에 가지고 있던 신체를 벗어나 마법적 신체로 탈바꿈되며 일어났다. 판타지 소설에서 마법이 현실의 질서로 해결되지 않는 문제를 해결해주는 과정을 떠올려보면, 가장 마법적인 것은 주인공의 이주가 아니라 신체가 변하는 것이다. 초기 게임판타지 소설에서 게임은 이러한 마법을 과학으로 둔갑시킨 것뿐이다. 『러/판 어드벤처』의 세희가 가상현실 게임 공간 속에서 후천적 실어증을 해결한 방법이 '영령 음성 시스템'이라는, 마법 같은 명칭의 시스템 덕분인 것은 의미심장하다.

초기 게임판타지 소설에서는 기존의 퓨전 판타지 소설과 다른 독특한 과도기적 형상이 등장한다. 소위 2세대 판타지 소설이라고 불렸던 퓨전 판타지 소설들이 주인공의 학업 스트레스를 주로 다루고 있는 것에 비해, 게임판타지 소설에서는 학업에 대한 이야기가 소실된 것이다. 평균 97점을 받으며 전교 1~2등을 하는 캐릭터, 또는 학업을 제대로 하지 않아도 되는 시대가 그려진다. 『리얼 판타지아』의 경우는 더욱 독특한데, 주인공은 게임 전공으로 대학에서 가상현실 게임과 관련된 수업을 듣는다.

이러한 지점은 두 가지 해석이 가능하다. 첫 번째는 당대 플레이어들이 자신이 좋아하는 '게임'을 바탕으로 돌아가는 세계관을 설계했다는 점이다. 그들은 가상현실 게임 시스템이 발전한다면 게임의 인기가 지금보다도 더욱 높아지고, 현실의 삶만큼 가상현실의 삶이 가치를 얻으리라 예측했다. 그렇다면 당시 사회가 가치 있다고 여긴 학업의 필요성이나 지위가 사라질 거로 간주한 것이다.

두 번째는 소설 바깥, 팬덤에 대한 분석이다. 1990년대 판타지를 꾸준히 즐기던 독자와 창작자들이 대부분 10~20대였다는 걸 감안하면, 약 5~10년 정도가 흐른 뒤 게임판타지가 등장할 당시 독자의 나이는 대부분 대학생이거나 사회 초년생이 되었으리라. 시간은 흐르고 팬덤은 성장한다. 장르문학은 한 번 진입한 독자가 오랫동안 머물며 엘리트 독자로 활약하는 경우가 많다. 그렇기에 성장한 그들에게 학업 스트레스는 더 이상 공감할 수 있는 현실의 문제가 되지 못했을 것이다. 오히려 『더 월드』의 유빈처럼 치열하게 한 가지에 집중해 살아왔던 과거의 삶이 지금의 그들을 권태롭고 탈력하게 만든 주원인이었을지도 모른다. 삶의 전부라고 생각했던 것이 사실 별것 아님을 깨닫게 되는 순간의 허망함과 아무런 가치 없이 그저 관성처럼 게임 플레이만 반복하는 경험까지. 초기 게임판타지가 보여주는 특징을 정리하면 '과도기의 혼란스러움' 그 자체다.

이러한 한계들이 점차 사라지기 시작하고 게임판타지 장르가 완성되기 시작한 것은 2004년을 전후한 무렵이다. 1979년 출생으로 이미 전작 『몬스터로드』를 출판한 적 있는 권태용 작가의 『레이센』은 기존의 게임판타지 소설에서 두 가지 변화를 거친다. 바로 캐릭터의 설정을 좀 더 고연령의 사람으로 끌어올린 것과 레벨 1부터 게임을 진행하는 모험 서사를 채택한 것이다. 집필 당시 26세였던 작가는 『레이센』 서문에서 자신의 친구들을 모델로 하여 소설 속 캐릭터를 만들었다고 밝힌다.

> 레이센에 등장하는 인물들은 현실 속에서의 친구들을 소재로 했습니다. 20대 중반에 겪는 고난과 역경보다는 작지만 즐거움이 되었던 시간들을 표현했습니다. 적어도 이 소설에서는 우리 친구들이 모두 즐겁길 바랍니다.
>
> —권태용, 『레이센』, 로크미디어, 2004, 4쪽.

20대 중반의 삶에 주목하겠다고 밝힌 작가의 의도처럼 『레이센』의 주인공들이 겪는 고민은 2070년이라는 먼 미래를 배경으로 하고 있음에도 불구하고 2010년이나 2020년을 배경으로 했던 초기의 소설보다 훨씬 현실적으로 느껴진다. 주인공은 잦은 지각으로 아르바이트에서 잘렸고 바로 그날 친구 역시 실직했다고 연락이 온다. 다른 두 친구는 5년 동안 일했던 정비 공장을 그만뒀고 또 다른 친구는 이제 막 대학을 졸업하고 구직 중인 백수다. '백수군단'이라고 불리는 백수 다섯 명을 주인공으로 내세운 것이다. 그렇기에 그들의 고민은 '생계'일 수밖에 없다. "게임이 돈이 된다더라. 이제 지친 현실에서 일을 잠깐 쉬고 싶어"라고 이야기한 그들은 게임에 접속한다.

　작가가 보여주는 현실 감각이나 미래 세계에 대한 디자인은 마치 그로부터 20년 정도가 흐른 지금의 현실 세계를 떠올리게 만든다. 손바닥만 한 화면을 터치하면 왼쪽 상단에 얼굴이 뜨고 음성인식 패널로 전화가 가능한 스마트폰이 나오는가 하면, 주인공이 사는 곳은 지금의 청년임대주택과 흡사한 모습으로 스스로 생계를 책임질 수 있는 경우 입주 가능한 13평 남짓의 미혼자 아파트촌이라고 묘사된다. 이렇듯 『레이센』의 주인공은 자의식으로 가득한 허황된 천재가 아니라 현실의 문제를 떠안고 있는 존재다. 소설 속 세계 역시 허무맹랑한 공간이 아니라 근미래의 현실을 보여주기 위해 천착한다.

『레이센』은 캐릭터를 생성하고 튜토리얼을 진행하며 퀘스트를 클리어하고 스킬을 얻는 과정을 1권 초반부에 배치했다. 독자에게 주인공이 여행을 떠나는 서사 과정을 천천히 보여주는 것이다. 이 모험의 목표는 일상의 휴식, 그리고 가상 재화를 통한 현실의 의식주 해결이다. 이것은 물질 노동을 비물질 노동으로 전환하고자 하는, 당시 게임을 둘러싼 욕망을 구현한다. 이후 2006년까지 나온 게임판타지 소설들은 이런 욕망을 표현한 수많은 시도였다.

비슷한 시기 출간된 다른 소설에서도 이러한 경향을 살펴볼 수 있다. 2004년 1월 출간된 『TGP1』의 주인공은 대학생 아마추어 게이머이지만 실력이 출중해 40만 명 이상의 팬을 보유한 자다. 소설의 첫 장면에서는 리포트를 고민하던 친구가 주인공에게 게임 대회에 출전할 거냐고 묻는다. 이는 게임은 게임이고 현실은 현실이라는 것, 두 세계가 겹쳐져 있는 것이 아니며 게임이 여가의 영역으로 간주됨을 보여준다. 동일하게 2004년 9월 출간된 『신마대전』은 이러한 색이 더욱 뚜렷하다. 『신마대전』의 주인공은 초기 판타지 소설의 모델처럼 17세 청소년이지만 학교에 다니지 않는다. 대사인 부모님을 따라 외국에 나가 1년 일

찍 졸업하고 대학 입학 자격을 가진 백수이기 때문이다. 판타지 소설의 흐름에 맞춰 어린 주인공을 내세웠지만, 그에게 '수능'이라는 스트레스는 이미 제거되어 있다. 2005년에 출간된 『반』의 주인공은 20대 후반으로, 카드빚과 사업 투자 실패, 그리고 빚을 갚아주려던 부모님의 죽음을 겪고 속죄하려는 자다. 『반』에서 보여주는 암울한 분위기는 『레이센』이 그린 근미래의 모습을 극한으로 밀어붙인 것으로, 불쾌감을 조형한다. 그리고 다양한 시도를 융합해 도착한 도착지가 바로 『달빛조각사』이다.

『달빛조각사』의 주인공 이현(위드)은 어렸을 때 부모님이 돌아가신 탓에 할머니와 여동생과 사는 소년가장으로 '가난'이라는 결핍을 전면에 내세운 캐릭터다. 14세부터 재봉 공장에서 실밥을 땄고 이후 20세까지 착취만 당하고 살았다. 아버지가 빌린 1억 원은 8년이 지나서 30억 원으로 불었으며 이 빚 때문에 제대로 된 삶을 살아가기란 불가능했다.

그러던 이현에게 기적 같은 일이 일어난다. 이현의 유일한 취미는 집에 있는 구닥다리 컴퓨터로 겨우 돌아가던 〈마법의 대륙〉이란 게임이었다. 출시된 이후 17년 동안 인기를 구가한 게임으로 주인공 이현은 이 게임 최고의 랭커였다. 그러나 가상현실 기술이 발전하면서 〈마법의 대륙〉은 점차 구닥다리 게임으로 저물었다. 가상현실 기계를 살 수 없던 이현은 게임 계정을 삭제하려다가 마음이 바뀌어 5만 원이라도 벌어보겠다며 온라인 경매에 올린다. 그런데 이러한 이현의 행위에 인터넷 여론이 들끓는다. 17년 동안 인기 있었던 게임이었으니, 그 게임의 향수를 간직하려던 갑부들부터 구세대 게임을 이용해 이미지를 만들어보려는 기업까지, 경매장에서 각축전이 일어난다. 결국 〈마법의 대륙〉 계정 '위드'의 가격은 30억 9000만 원으로 낙찰된다.

그러나 기쁨도 잠시. 30억 원의 돈은 병원으로 들이닥처 가족을 빌미로 협박하는 사채업자들에게 모두 강탈당한다. 이현은 돈을 위해 가상현실 게임 접속을 결심한다. 1년간 가상현실 게임에 대해서 공부하고, 현실의 무술을 익히기도 한다. 그렇게 1년 뒤, 이현은 게임으로 돈을 버는 '다크 게이머'가 되기 위해 〈로열로드〉 게임 세계로 접속하는데, 이것이 『달빛조각사』의 시작이다.

『달빛조각사』의 특징은 IMF 직후 PC방에서 이루어졌던 '유희 노동', 단순 반복 노가다에 열중했던 그 시절 플레이어들의 경험이 재현된다는 점이다. 갑작스럽게 직장을 잃었던 사람들이 자신의 노동 공백을 메우기 위해 몰려든 곳이 오락실이나 PC방 같은 시설이었다. 당시 한스밴드가 불렀던 〈오락실〉이라는 곡의 가사를 보면 이런 시대상을 살펴볼 수 있다.

> 장난이 아닌걸 또 최고기록을 깼어/ 처음이란 아빠 말
> 을 믿을 수가 없어/ 용돈을 주셨어 단 조건이 붙었어/
> 엄마에게 말하지 말랬어/ 가끔 아빠도 회사에 가기 싫
> 겠지/ 엄마 잔소리 바가지 돈타령 숨이 막혀/ 가슴이
> 아파 무거운 아빠의 얼굴/ 혹시 내 시험성적 아신 건
> 아닐까/ 오늘의 뉴스 대낮부터 오락실엔/ 이 시대의
> 아빠들이 많다는데
>
> —한스밴드, 〈오락실〉

게임에 접속한 위드는 튜토리얼이나 세계관 설명
을 건너뛰며 모조리 끊어버린다. 초기 접속에서 제대
로 표기되는 정보는 존재하지 않는다. 주인공에게 게
임은 유희의 공간이 아니라 돈을 버는 공간이다.

> '그래. 여기는 로열 로드. 가상현실의 세상. 그리고 내
> 직장이다.'
>
> —남희성, 『달빛조각사 1』, 로크미디어, 2007, 42쪽.

자본주의 시대에서는 개인의 능력과 노동량을 숫
자로 표현하는 임금 개념이 익숙하다. 게임 세계에서
는 돈보다 더욱 중요한 값어치로 치환되어 있다. 바로

능력치다. 게이머라면 능력치를 1퍼센트 올리기 위해 수백 시간을 사냥하고 아이템을 합성하던 경험이 익숙할 것이다. 〈리니지〉는 캐릭터를 만들 때 힘 19를 얻기 위해 주사위를 몇 번이나 반복해 던지게 했고, 모바일 게임이 익숙해진 지금은 '리세마라(게임 초반 아이템 뽑기를 위해 리셋을 반복하는 행동)'라는 신조어가 만들어지기도 했다.

　이처럼 위드는 게임 초반 4주의 튜토리얼 기간 동안 묵묵히 허수아비만 때린다. 소설 초반에는 이렇게 능력치를 올리는 모습만 줄곧 나온다. 여섯 시간을 두들겨서 힘이 1포인트 오르고, 다시 다섯 시간이 지나서 체력과 민첩이 1포인트 오르고, 아무것도 먹지 않고 거의 여덟 시간 동안 허수아비만 때리는 노가다는 모험의 재미보다 '게임 플레이'의 감각을 압축적으로 느끼게 한다. 소설 속 타인들은 그러한 행위를 지겹고 힘들다고 기피하는데, 위드는 스스로 '천성적인 노가다 체질'이며 이러한 행위 자체가 '재미있는 일'이라고 고백한다. 이것은 기존의 게임판타지 소설에서 보여주던 '게임'의 감각이 변화했음을 보여주는 방증이고, 그 시대 게임을 좋아했던 독자들과 마주 보려는 시도이기도 했다.

　그리고 이러한 노력은 충실히 보답을 받는다. 위드는 반복 수련으로 수련소 교관과 친밀도를 높일 수 있었고, 결국 왕실에 나타난 의문의 조각사를 찾아달라는 퀘스트를 받는다. 당시 차차 늘어난 게임판타지 소설은 독특한 직업이나 스킬을 통해 캐릭터의 개성을 확보하는 것이 경쟁력을 갖추는 전략이었다. 이를테면 『레이센』에서도 이러한 전략이 등장한다. 주인공은 몬스터와 사투 끝에 적을 물어 죽이게 되고, 이러한 행동이 반복되면서 흡혈 스킬을 얻고 뱀파이어라는 직업으로 변화한다. 이러한 자유도와 개성은 게임을 실존하는 세상처럼 보이게 하지만 반대로 우리가 알고 있던 게임의 게임다움을 해친다.

『달빛조각사』가 이러한 간극을 메울 수 있었던 까닭은 게임을 판타지 소설의 공간으로 놔두면서도 그 속에서 활동하는 캐릭터는 플레이어의 정체성을 강조했기 때문이다. 이를 통해 게임판타지 소설은 비로소 '게임 세대' 독자들과 마주 보며 게임 체험을 공유할 수 있었다.

게임 시스템의 판타지적 변주와 고민

앞서 히든 피스를 '해킹 행위'라고 선언했던 것처럼, 히든 피스와 함께 현실 세계를 끊임없이 변화시키는 게임판타지의 설정은 결국 게임을 분열시켰다. 이것은 단순히 게임의 몇몇 요소를 유저 친화적으로 변모시키는 것이 아니라 게임판타지 소설을 이끌어가는 게임이란 구조 자체를 해체하기에 이른다.

웹소설에서 무엇이 '게임적'인가 살펴보면 그 범주에는 다양한 항목이 포함된다. 여러 차례 세계를 반복하는 '회귀'는 RPG게임의 다회차 플레이를 떠올리게 만든다. 이는 작가와 캐릭터, 독자 간의 정보 격차를 극대화한 방식의 작법으로, 독자와 다른 캐릭터들은 모르고 작가와 주연 캐릭터만 아는 정보가 많으면 스토리의 긴장감을 끌어낼 수 있어 다양한 장르에서 애용된다. 그 외에 시나리오 퀘스트나 시스템 창은

'게임 시스템 같은 창'이라는 직접적인 묘사를 통해 장르적 정체성을 밝힌다. 그 외에도 괴물을 무찌르면 경험치 또는 마나, 에테르 같은 이름의 특정 에너지를 얻는 것, 또 그 에너지를 통해서 레벨이 올라가는 것은 확실히 RPG의 시스템을 차용한 것이다. 칭호를 얻으면 특정 능력치가 증가한다거나, 장비에 스킬이나 능력을 설정해 불완전한 개념을 정량화하는 방식 역시 그러하다.

이 개념을 역전시켜보면 어떨까. 소설에서 게임 개념들이 자유롭게 사용될 수 있었던 것은 이미 게임 판타지라는 장르가 소설을 게임 체험의 연장선에서 읽으면 된다고 알려주었기 때문이다. 그러나 끊임없는 균열과 해체를 통해 게임 형식이라는 코드는 곧 게임이라는 공간 바깥으로 튕겨져 나왔다. 이렇게 게임에서 나온 것이 분명한 요소를 의도적으로 게임이라는 구조 바깥에서 읽어내며 탈(脫)게임해보면 어떤 해석이 가능할까?

양치기자리 작가의 「칼의 목소리가 보여」와 싱숑 작가의 「전지적 독자 시점」은 게임 요소에 대한 작가 나름의 해답을 보여준다. 우선 살펴볼 것은 「칼의 목소리가 보여」이다. 주인공 반은 검사를 꿈꾸는 15세 약제사 조수이다. 그러던 그가 꿈을 이루게 된 것은 우연히 쥔 칼을 통해서 수호자의 특성 '칼의 목소리'

를 발동시켰기 때문인데, 그는 검의 기억과 검을 휘둘렀던 사람들의 기억을 읽고 그것을 자신의 것으로 가져온다.

[칼을 인식하였습니다.]

[수호자의 특성, '칼의 목소리'가 가동됩니다.]

['내려베기만큼은 괜찮은 풋내기 검사'의 녹슨 장검을 쥐었습니다.]

재질 : 철

품질 : 철

주인 : 젠슨(1성)

기억 보존률 : 하

비고 : 룽허의 이름 없는 대장장이가 만든 평범한 검입니다. 오랜 시간 방치되어 녹슨 탓에, 옛 주인의 흔적을 더듬긴 쉽지 않을 듯합니다.

[현재 당신의 검술 수준은 0성입니다. 기억 동조율이 최저로 조정됩니다.]

[수련이 필요합니다.]

　　　　—양치기자리, 「칼의 목소리가 보여」, 〈칼을 읽다 (2)〉.

　본문에 표기된 것은 게임판타지에서 자주 사용된 게임 시스템 창이다. 그러나 '현실'이 부재한 상태에서 주인공 반에게 '게임'이라는 매체는 존재하지 않는다. 주인공 반은 이 시스템이 무엇인지 이해하기 위해 노력하며 검을 수련한다.

양치기자리 작가는 전작인 「요리의 신」에서도 이러한 게임 시스템을 적극적으로 사용해 요리 실력을 표기했다. 나이가 많고 선생님을 하다가 뒤늦게 요리의 길에 뛰어든 탓에 무시당하는 와중에서도 요리사의 꿈을 접지 않는 조민준이 과거로 회귀하였을 때, 그가 높이 올라갈 수 있는 길과 방법을 제시해준 것이 바로 이 시스템 창이었다.

이혜선의 재촉에 식탁 앞에 앉는 순간이었다. 조민준의 눈 앞에 컴퓨터 창 같은 것이 떠올랐다.

[백미밥]

신선도 : 73%

원산지 : 한국 고령

품질 : 상

조리 점수 : 5/10

(중략)

"내가 요즘 판타지를 너무 많이 봤나……."

　　　　　　　─양치기자리, 「요리의 신」, 〈7년 전으로 ⑴〉.

현실을 배경으로 한 「요리의 신」에서 조민준은 이것이 '판타지 소설'에서 자주 등장하는 하나의 코드이고 컴퓨터 창 같은, 그러니까 디지털적인 시스템이라는 걸 단숨에 깨닫는다. 조민준에게는 현실의 체험이 존재하기 때문이다. 그리고 이러한 체험은 시스템에 대한 존재 의의를 없애버린다. 이것은 소설적 개연성을 장르 그 자체가 대체해주기 때문이다. 이처럼 '게임 시스템'은 독자와 작가 사이에 자동화 작용이 이루어지는 하나의 장르가 되었다. 결국 시스템 창은 마법이나 무공 같은 환상적 요소를 대리해주는 것일 뿐 이 시스템이 왜 등장했고 무엇인지 개념 자체에 대해선 제대로 살펴보지 않았다. 「칼의 목소리가 보여」에서 보여준 시스템 창 설정은 장르적 맥락에서 '게임'을 제외했을 때 게임 시스템에 어떤 의미화가 가능한지 실험한 결과다.

「칼의 목소리가 보여」 세계에서 대륙을 지배하는 가문들은 자신의 피에 깃든 힘이 존재한다. 주인공 반은 과거 귀족들의 세계에서 쫓겨난 선우 가문의 혈족으로, 선우 가문은 모두 도구를 통해서 목소리를 볼 수 있다. 이를테면 도자기나 숯, 가마나 장신구, 창 같은 소재의 기억을 볼 수 있어 선대의 기억을 바탕으로 '언제나 발전하는 후대'가 될 수 있다. 주인공 반은 그 중에서도 칼의 목소리가 보이는, 무기와 무술에 특화된 수호자이다.

　노력을 하면 수치를 얻고, 이러한 수치를 통해 성장한다는 사실은 게임을 지배하는 가장 기본적인 규칙이다. 그러한 메커닉의 핵심인 '경험치'는 게임 바깥으로 나왔을 때 특히 기괴하게 느껴진다. 현실을 보자. 과연 모든 경험이 우리를 꼭 성장시키는가. 오히려 아무리 노력해도 제자리걸음인 경우도 있고, 어떤 경험은 우리의 인생을 퇴화시키며, 아예 다른 방향으로 이끌기도 한다. 그렇기에 선대의 지식과 경험을 들음으로써 무조건 발전할 수 있다는 '경험치'와 '수호자'의 기능은 얼마나 낭만적이고 환상적인가.

　웹소설에는 '헌터물'이라는 장르가 존재한다. 주인공은 신이나 신에 준하는 절대자에 의해 게임 시스템을 부여받고 각성한다. 덕분에 시스템 바깥의 사람과 비교해 빠른 성장할 수 있다. 「칼의 목소리가 보여」는 변칙적인 능력을 통해 영웅으로 성장하는 주인공의 모습뿐만 아니라, 주인공과 그 일족을 두려워하는 세계를 동시에 보여줌으로써 게임 시스템이라는 코드의 양면적 감각을 구체화했다.

　싱숑 작가의 「전지적 독자 시점」이 게임을 바라보는 방식은 「칼의 목소리가 보여」와 조금 다르다. 「칼의 목소리가 보여」에서 게임 시스템은 철저히 변칙적인 능력이다. 무한히 성장한다는 가능성은 한계와 굴곡이 존재하는 인간과 다른, 디지털이기에 구현되는 비현실적 감각이다. 하지만「전지적 독자 시점」에서 게임은 현실 그 자체다. 이를 통해 작가는 신자유주의 경쟁 체제의 극단이 서로 경쟁하고 등수가 나뉘고 게임 오버를 통해서 죽음을 경험하는 게임 세계의 모습과 다를 바 없음을 이야기한다.

주인공 김독자는 자신이 즐겨 읽던 웹소설이 완결한 날 자신의 세상이「멸망한 세계에서 살아남는 세 가지 방법」이라는 소설로 변한 것을 알게 된다. 이곳은 게임의 공간인 동시에 소설의 공간이고 동시에 현실이다. 이것은 원래 소설 속에 등장하지 않았던 '김독자'와 '유상아', '한명오' 등의 캐릭터를 통해서도 알 수 있다. 소설 속 등장인물들은 자신의 스킬인 '전지적 독자 시점'이라는 것으로 대상의 생각이나 의도 등을 읽어낼 수 있지만 현실을 기반으로 한 사람들은 등장인물이 아니기 때문에 스킬이 통하지 않는다. 이를 통해「전지적 독자 시점」의 세계가 수많은 레이어의 교차점임을 알 수 있다.

우리가 주목할 점은 '유중혁'이라는 캐릭터다. 유중혁은 김독자가 읽던「멸세법」의 주인공으로, 시나리오를 전개하다 죽으면 다시 첫 시나리오로 무한정 회귀하는 캐릭터다. 흥미로운 지점은 이런 아포칼립스 세계에서 유중혁에게 제 실력을 발휘할 수 있도록 주어진 직업이 바로 '프로게이머'라는 점이다. 이것은 헌터물, 또는 레이드물에서 종종 나타나는 클리셰로 후대의 판타지 세계가 얼마나 게임과 맞닿아 있는지를 잘 보여준다.

아무리 아포칼립스의 세계여도 게임 실력이 생존 능력이 된다는 건 장르 바깥의 독자에게는 쉽게 납득하기 힘든 설정이다. 대부분의 작가는 이러한 지점을 '순간적인 상황 판단력'이나 '종말을 다뤘던 다양한 게임 경험' 등으로 설정해 개연성을 부여한다. 또는 김독자의 상황처럼 게임이 현실이 되었기 때문에 게임의 지식이 현실의 생존에 직접적으로 영향을 받는 상황을 구현하기도 한다.

"다들 말은 안 해도 대충 무슨 상황인지는 눈치 챘을 거라 믿습니다. 특성창에 전용 스킬. 게임 같은 인터페이스. 혹시 아직도 감 못 잡으신 분 있으십니까?"
역시, 아무도 손을 드는 사람은 없었다. 한국은 이래서 편하다. 스마트폰 보급률이 높으니 RPG 게임을 한 번도 안 해본 사람은 없다.
폰 게임을 안 해본 경우라면, 하다못해 판타지 소설이라도 읽었을 것이다.
이현성이 한숨을 내쉬었다.
"당직 서면서 몰래 읽던 소설에나 나오던 일인데, 아직도 실감이 안 나네요. 역시 꿈은 아니겠죠?"

"당연히 현실입니다."

—싱숑, 「전지적 독자 시점」, 〈Episode 2. 주인공 (2)〉.

현실이 게임처럼 변했으니, '게임'을 바라보는 게임 방송이 성좌와 스타 스트림 방송이라는 형식으로 전환되는 것은 당연한 수순이다. 이런 세계 속에서 '히든'이라는 형태는 더 이상 세계를 분열하지 않는다. 오히려 제작자가 제공하는 정보 바깥의 편법 정도로 이야기되며, 이러한 플레이 방식은 주인공을 돋보이게 하는 전략 중 하나일 뿐이다.

앞서 소개한 소설들을 통해서 살펴보았듯 게임판타지는 게임적 요소, 근미래적 상상력으로 구현된 기기를 통해 즐긴 게임 체험을 그저 기술한 소설이 아니다. 게임판타지 소설의 '세계'는 그야말로 세계 그 자체다. 발전된 과학기술을 바탕으로 만들어진 가상의 게임 세계는 현실에 끊임없이 침투하여 현실 세계도 허구의 영역으로 변모시킨다. 그렇기에 그 세계 속에서 살아가는 사람의 경험은 가상의 놀이 체계에서 목적 없이 허구의 재화를 축적하는 '노가다' 형태로 재현되었다. 그리고 작금의 웹소설에 와서는 소설 세계에서 환상의 형태로 완성되거나 완전히 '현실화'되는 등 게임 요소들이 끊임없이 분해되었다.

그렇다면 앞으로의 게임은, 그리고 게임판타지 세계는 어떻게 변화해갈 것인가. 그 변화가 어떤 형태이든 우리는 게임을 단순히 게임이라는 요소로만 봐서는 안 된다. 기존 판타지 세계를 해석할 때와 마찬가지로 #판타지 소설의 #세계라는 측면에서 #게임이라는 해시태그를 주목할 때에야 비로소 게임판타지를 제대로 이해할 수 있을 것이다.

맺음말
게임판타지의 잃어버린 역사를 찾아서

한국 판타지 소설에서 '게임'이라는 형식은 PC통신이라는 공간과 복잡하게 얽힌 매체들 사이에서 태어난 코드다. 온라인 게임 시스템에 관한 사회적 인식이 보편화되기도 전에 비디오 게임 경험을 바탕으로 '게임적 체험'을 소설에 녹여낸 노력부터, 게임에 대한 대중의 보편적 인식을 바탕으로 작가가 독자적 세계를 구축해 자신의 서사를 풀어놓는 이야기까지, 게임이라는 코드는 판타지 소설 안에 다양하게 공존한다. 그렇기에 본문에서 이론적 토대를 구축할 때 제일 신경쓴 부분이 '게임 판타지 소설'이라고 하는 장르의 명칭을 '게임판타지'라는 형태로 붙여 고유명사로 만든 것이었다. 이는 해당 소설의 형식을 '게임 소설'이라고 부르는 방식과 작별하는 동시에 게임판타지 소설만의 정의를 펼쳐나가려는 시도였다.

이러한 시도를 통한 주장은 다음과 같다. 첫 번째, 게임판타지 소설은 게임 체험과 게임 요소에서 유래하였으나 게임의 요소나 게임이 보여주려고 했던 알고리즘보다는 게임이 전달하는 재미를 구현하는 것을 목적으로 했다. 특히, 플레이어들의 재미 체험과 공감대를 연결하는 것을 중요시했다.

두 번째, 게임판타지 소설에서 게임은 플레이를 하는 매체적 공간이라기보다는 기존의 판타지 소설에서 이질적 체험을 통해 주인공의 욕망을 해소하고 소망을 성취하는 공간처럼 독자적 세계로서 기능하고 있다. 또한 게임판타지의 게임은 게임에 내재한 놀이의 규칙성을 적극적으로 균열낸 것이다. 특히 이를 두드러지게 보여주는 것이 '히든 피스'라는 개념이다. 하여 이러한 장르의 소설군을 단순히 '게임 소설'이라고 명명하는 것은 게임판타지 소설에서 나오는 판타지적 요소를 거세하는 방식의 명명이다.

세 번째, 게임판타지라는 이름에서 게임과 판타지는 별개의 층위를 가진 명칭이 아니다. 소설에서 구현된 게임은 환상이며, 환상은 게임의 형태를 띤다. 그리고 이러한 개념은 다시 탈맥락-재맥락을 반복하며 한국 판타지 소설의 계보를 이어 거시적 흐름을 이어간다. 그러니 게임판타지는 전대의 판타지와 후대의 판타지를 잇는 매개다.

장르문학 담론장에서 게임판타지의 미시사는 별 달리 주목받지 못했다. 이는 비단 게임판타지에서만 일어나는 일이 아니다. 퓨전 판타지나 레이드, 헌터, 어반 판타지 등 국내에서 출간된 다양한 범주의 판타지 장르는 단순한 유행으로 치부되었다. 그런 상태에서 현대 웹소설의 구조나 주제에 대해서 이야기하는 것은 개별 작품의 해석으로는 유효할지 모르지만, 해당 장르의 팬덤이나 장르 자체에 대한 접근 차원에서는 제대로 된 결과를 만들지 못하고 난항을 겪기 마련이다. 과연 그 작품이 단순히 작가의 상상력만으로 불쑥 솟아나온, 천재적 아이디어의 소산일까. 앞선 작품과는 아무런 연관이 없고 판타지 소설 외부의 매체 변화나 체험을 적극적으로 반영한 결과에 불과할까.

이것은 장르문학을 오로지 시장의 것으로만 간주하여 벌어진 곡해다. 장르란 '반복되는 상황 속에서 상호작용 하는 수사학적 방식이 정형화된 것'이라는 정의에서 벗어난 접근이다. 게임판타지는 말 그대로 '판타지'의 영역에서 창작되었다. 이러한 보편적 인식은 두 가지의 오류에 기초한다.

첫 번째 오류는 초기 판타지 소설이 오로지 톨킨이나 C. S. 루이스, 또는 미즈노 료 같은 해외 작품의 모방으로 형성되었다 여기고, 그들의 이론만으로 세계관을 분석하고 끝내버리는 경우다. 아직 국내에는 한국 판타지 소설을 분석할 만한 괜찮은 이론서가 없다. 환상에 대한 이론서는 대개 '환상문학'에 대한 내용에 국한되어 있으며, 국내의 연구는 상당수 이들에 의존하고 있다. 하지만 이 역시 '환상' 그 자체를 다룰 뿐, 그 환상이 한국에서 어떻게 누구에 의해서 재현되었는지, 매체적 특성까지 살펴본 연구는 찾아보기 힘들다. 하워드 베커는 예술이란 핵심 인력과 보조 인력으로 나눠진 예술계의 네트워크에 의해서 만들어진다고 주장했다. 국내의 판타지 소설은 본문에서 살펴본 것처럼 당대 얼리어답터인 작가들에 의해 창작된 마니아 문화였다. 당시 창작자들이 누구이고, 어떤 방식으로 창작을 했는지 살펴보지 않으면 당시 세계관에 대한 이해는 파편적일 수밖에 없다.

두 번째 오류는 판타지 창작이 계속해서 온라인 공간에서 놀이처럼 진행되어왔고, 그중 상업적 성공을 거둘 만한 작품들이 선별되어 출판되는 방식이었음에도 불구하고 오로지 상업적인 의도로 소설 소재가 변화한 것이라고 손쉽게 단정한 것이다. 이것은 장르의 변화가 '출판'에 욕심을 가진 몇몇 프로 작가에 의해서 갑작스럽게 전환되었다는 것을 가정하는데, 초기 게임판타지 소설의 작가들이 대부분 신인이었다는 것을 감안하면, 이러한 해석은 오로지 연구자의 좁은 시야로 내린 단정에 불과하다. 결국 너무 상업의 눈으로 봤거나, 너무 원론적이었던 탓에 판타지 소설의 창작자가 누구인지, 어떠한 요구로 탄생한 작품인지 장르의 정체성을 들여다보는 것에 실패한 것이다.

　여기서부터는 연구자인 동시에 그 시기를 거쳐 온 팬으로서 내 소회를 가볍게 덧붙이고자 한다. 내게 게임판타지는 게임의 체험인 동시에 세계였다. 1세대 작품들의 가상 세상을 보며 판타지 세계에서 용을 사냥하는 내 모습을 떠올렸던 것처럼, 게임판타지 소설을 볼 때마다 게임 세계를 모험하는 내 모습을 상상하곤 했다. 실제로 이러한 상상은 '게임 세계가 알고 보니 현실 세계'라는 방식으로 몇 차례 작품화되기도 했다. 전공을 여기로 잡고 공부하며 판타지에 대한 선행 연구를 통해 환상이 무엇인지, 그 기능이 무엇이고 한국 판타지 소설이 어떻게 분석되었는지를 배웠다. 그런데 퓨전 판타지, 게임판타지의 영역은 '평가의 대상이 되지 못함'이라는 낙인이 찍히곤 했다. 이러한 형상은 다양한 매체의 연구나 비평에서 자주 이루어진다. 그리고 연구자와 평론가들이 제외하는 작품군은 동시에 그 시절 그 작품을 좋아했던 대중의 니즈나 그 작품으로부터 이어져 내려온 작품의 계보를 공백지로 남겨놓는다.

　물론 이러한 작품들이 전체 작품의 퀄리티를 낮췄다거나, 장르의 특성상 코드를 공유하고 표절의 경계를 오가며 창작되었던 탓에 오리지널리티가 부족하다는 등의 지적을 부정하는 건 아니다. 그러나 그것은 작품과 서사의 퀄리티에 대해 마치 심사자의 시선으로 논하는 것이지, 해당 문화의 지형도, 특히 팬들과 소비의 지형도를 그리는 것에는 부적절하다.

　그렇기에 이 책은 게임판타지 소설을 '판타지를 써왔던 마니아 청년 세대들이 그들이 공유해온 게임적 체험과, 무의식중에 깨달은 게임의 요소를 소설에 구현하고자 노력한 장르'로 규정하고, 소설 속에서 구현된 게임은 실제의 게임이 아니라 게임적 요소만을 차용해 구현된 또 다른 형태의 판타지 공간이라고 주장한다. 이러한 공간은 기존의 판타지 소설 속 세계가 그랬듯이 현실의 결핍과 소망을 해결해주는 충족의 공간으로, 초기 판타지 소설을 보며 성장한 20~30대의 청년 세대들에게 또 다른 방식의 도피와 위안, 그리고 현실을 극복할 수 있는 힘을 주었다. 소설 속에서 이야기된 결핍과 소망은 동시대 한국의 상황을 드러내는 컬트적 기록이다.

　내 주장을 위해 게임판타지 소설의 탄생 과정과 그를 둘러싼 세계를 규명하고, 그들의 정체성을 이야기하며, 궁극적으로는 게임판타지 소설이 무엇인지 소개하고자 노력했다. 그러한 의도가 모든 부분에서 잘 들어맞는다면 좋은 글이겠으나, 자료 조사부터 정리까지 어설프게 봉합하기에 급급했다. 부끄럽지만 변명을 덧붙이자면 국내의 판타지 연구는 이렇게 다양한 출간작, 특히 10여 권에 달하는 책의 데이터를 시간순으로 정리해 나열한 연구가 거의 없다. 당장 '히든 피스'가 어디서부터 나왔는지 찾기 위해 절판 도서를 찾고 전자책을 뒤졌지만 모든 책을 살펴보지는 못했다. 이러한 부분은 후속 연구를 통해 보강하고자 한다.

'요다 해시태그 장르 비평선'의 시도는 '우리가 많은 것을 알고 있어!'라는 일방적인 주장이 아니다. 그것보다는 데이터를 바탕으로 소설을 해석하는 한 가지 방법론을 제공하고 우리가 즐겨왔던 문화에 대해서 의미를 덧붙이는 투쟁의 장이자 잡담회의 장이다. 그렇기에 이 책의 내용을 반론하거나 또는 덧붙이면서 의견을 전개하거나 틀린 부분을 정정해도 좋다. 그러한 시도를 끊임없이 진행하고 누적하는 것으로 한국 장르문학의 고유성과 역사를 이해하고, 나아가 웹소설과 출판시장을 잇는 장르 코드를 해석할 여지를 마련하고자 소망한다. 이 글이 앞으로 게임판타지 소설, 나아가 한국 판타지 소설에 대한 좋은 글들의 자양분이 되길 바라며 마무리한다. 여기까지 읽어주신 독자 여러분께 감사드린다.

찾아보기

7
『70억분의 1의 이레귤러』 24

C
C. S 루이스 113

J
J. R. R. 톨킨 18, 113

T
『TGP1』 60, 95

ㄱ
〈가라테카〉 41
『가즈 나이트』 14
〈갤러그〉 38
「'게임성'의 통사적 연구」 35
구본혁 18
권태용 93
김운영 76, 78
김윤경 56
김혜영 19

ㄴ
나보라 35
남영 35, 39, 42
남희성 60, 61, 72, 81, 87, 98
『노래는 마법이 되어』 22

ㄷ
〈달빛조각사〉, 『달빛조각사』 55,
    60, 61, 81, 84, 87, 96~98,
    100
『대장장이 지그』 62
『더 월드』 53, 59, 67~69,
    72~75, 88~90, 92

ㄹ
『러/판 어드벤처』 53, 58, 69, 70,
    72, 90, 91
『레이센』 60, 93~96, 100
『로도스도 전기』 16
〈로드 러너〉 41
로즈메리 잭슨 17
『리얼 판타지아』 53, 58, 59, 89,
    92

ㅁ
〈마이트 앤 매직〉 42
『몬스터로드』 93
〈미스터리 하우스〉 41
미즈노 료 16, 113

ㅂ
『반』 60, 96

ㅅ
『사이케델리아』 21
성준혁 15, 16
〈소드 앤 매직〉 48
〈스페이스 인베이더〉 38

슬라보예 지젝 18
신광호 82
『신마대전』 76~78, 80, 95
싱송 84, 102, 106, 109

ㅇ
『아린 이야기』 21
『아이리스』 22
『아크』 62
양치기자리 84, 102~104
『어나더 월드』 53
에릭 짐머만 30
『엘레멘탈 가드』 53
예스퍼 율 23, 31, 32
『옥스타칼니스의 아이들』
    49~52, 63
「요리의 신」 104, 105
요한 호이징아 30
〈울티마 온라인〉 14
「울티마 온라인 여행기」 52
〈위저드리〉 42
『유레카』 56, 57, 72, 73, 75
은홀 82
이경영 14
『이디스』 53, 58, 88, 90
이상균 14
『이터널 월드』 53

ㅈ
『전지적 독자 시점』 84, 102, 106,
    107, 109
〈제비우스〉 38

〈주먹왕 랄프〉 48
지그문트 프로이트 17

ㅊ
츠베탄 토도로프 17

ㅋ
『칼의 목소리가 보여』 84, 102,
    103, 105, 106
캐스린 흄 17
케이티 샐런 30
『크리스 크로스』 56

ㅌ
『타투』 62
『탐그루』 48
〈트리 오브 세이비어〉 81

ㅍ
『팔란티어』 49~51
〈퐁〉 37

ㅎ
『하얀 로냐프 강』 14
하워드 베커 114
하이텔 환타지 동호회 15
『하프 리얼』 31
「한국 게임 산업의 형성」 35
「히든피스헌터」 82
「히든 피스 다 내꺼」 82

요다 해시태그 장르 비평선 01

#판타지 #게임 #역사

1판 1쇄 인쇄. 2021년 7월 12일

1판 1쇄 발행. 2021년 7월 26일

지은이. 이융희

펴낸이. 한기호

기획. 텍스트릿

책임편집. 염경원

편집. 도은숙, 정안나, 유태선, 강세윤, 김미향, 김민지

마케팅. 윤수연

디자인. 스튜디오 프랙탈

경영지원. 국순근

펴낸곳. 요다

출판등록. 2017년 9월 5일 제2017-000238호

주소. 04029 서울시 마포구 동교로 12안길 14 삼성빌딩 A동 2층

전화. 02-336-5675   팩스. 02-337-5347

이메일. kpm@kpm21.co.kr

ISBN. 979-11-90749-25-1 04800

979-11-90749-24-4 04800 (세트)